은명 소녀 분투기

일러두기

이 소설은 1927년에 일어난 숙명여자고등보통학교의 항일 동맹 휴학을 모티브로 삼아
역사적 사실에 작가적 상상력을 보태 쓴 팩션(faction)입니다.

은명 소녀 분투기

신현수
장편소설

㈜자음과모음

차례

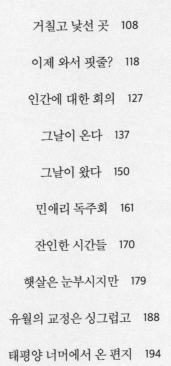

달밤의 긴급 뉘우스

살짝 열린 들창으로 밤바람이 불어 들어왔다. 상큼한 향기가 실린 바람이었다.

"무슨 향기지? 꽃향기?"

나는 창가로 가서 들창을 활짝 열었다. 창밖은 장관이었다. 기숙사 앞마당에 있는 살구나무들이 송이송이 하얀 꽃들을 피워 낸 것이다. 상현달이라 달빛이 아주 밝진 않아도 밤하늘에는 별들이 초롱초롱 반짝거렸다.

"얘들아, 얼른 와 봐! 야경 진짜 근사해!"

내가 소리치자 애리와 금선이 조르르 와서 창밖으로 고개를 내밀었다. 요즘 몸매 다듬기에 여념이 없는 애리는 체조를 하고 있었고, 금선은 안경알이 뚫어져라 일본어 독본을 파던 중이었다.

"정말이네! 살구꽃이 꼭 눈꽃 핀 거 같아!"

"와아, 꽃향기 한번 달콤하다!"

애리와 금선이 잇달아 감탄사를 쏟아 냈다.

우리 셋은 경성 종로통에 있는 은명여자고등보통학교 2학년 단짝패이고 열여섯 살 동갑이다. 작년에 기숙사 방을 따로 쓸 때도 친했지만 올해는 같은 방에 배치돼 더욱 사이가 끈끈해졌다. 생김새, 성격, 좋아하는 것, 꿈, 모두 다 다르지만 서로 잘 통하고 죽이 엄청 잘 맞는다.

그때 귀남이 뛰어 들어오며 소리쳤다.

"뉘우스, 뉘우스! 언니들, 긴급 뉘우스여요! 이번 주에 새 학감 선생님이랑 재봉 선생님이 오신대요. 두 분 다 일본인 선생님이래요."

1학년 오귀남이 전하는 '뉘우스'라면 귀를 바짝 기울여야 한다. 선생님들과 친해서 정통한 소식을 곧잘 물어 오기 때문이다. 그렇대도 이번 뉘우스만큼은 이해가 가지 않았다.

"학기 중에 선생님이 왜 바뀐대? 학감 선생님도 재봉 선생님도 다 좋으셨는데?"

내가 뜨악해하자 애리와 금선도 고개를 저었다.

"그니까. 하물며 재봉 선생님은 조선 최고 재봉 전문가시잖아. 근데 왜 바꿔? 조선인 선생님 또 줄어드네. 너무 싫다."

"진짜 왜 이런다니? 이러다 교장 선생님까지 일본인이 꿰차는 거 아냐?"

조선과 일본이 합병된 지도 벌써 십육 년째. 다른 학교와 마찬가지로 우리 학교도 일본인 선생님 수가 조선인 선생님들을 앞지른 지 오래였다. 아직 교장 선생님이 조선인인 게 다행이었다.

"그뿐 아녀요. 새 재봉 선생님이 기숙사 사감도 맡는대요."

귀남이 뉴우스를 하나 더 보탰다. 나는 또 한 번 놀랐다.

"말도 안 돼. 조선 여학생 기숙사에 일본인 사감이 웬 말이래?"

"그러니까. 수업 시간에 일본인 선생님들 보는 것도 지겨운데 사감까지? 그럼 난 기숙사에서 나갈래. 집에서 통학할래."

애리도 설레설레 고개를 저었다. 애리가 이러는 데는 다 까닭이 있다. 음악 과목을 담당하는 일본인 선생님 때문이다. 떵떵거리며 사는 경성은행장 외동딸답게 애리는 피아노 연주가가 꿈이고 피아노도 곧잘 치는데, 음악 선생님이 애리 실력을 깔아뭉개 앙숙이 되었기 때문이다. 사실 충주에서 유학 온 금선과 달리 애리와 나는 기숙사에서 지낼 이유가 없다. 둘 다 집이 경성에 있어서 통학하면 되니까. 애리네 집은 경성 최고의 부자 동네인 황금정*에 있는 문화 주택이고 우리 집은 흥인문 밖 홍숫골**에 있다. 그렇지만 우리 셋은 졸업할 때까지 기숙사에서 함께 지내기로 약속했다. 기숙사 수용 인원이 넉넉해 경성 학생들까지 받아 주기에 가능한 일이긴 하다.

* 황금정 : 지금의 서울 중구 을지로를 일제 강점기에 일컫던 말.
** 홍숫골 : 지금의 서울 종로구 창신동에 위치한 옛 마을.

그러니까 사감 선생님 때문에 기숙사를 나가 통학하는 건 있을 수 없는 일. 나는 애리를 살살 구슬렸다.

"졸업할 때까지 기숙사에서 지내기로 했는데 그럼 안 되지. 일본인 선생님이 임시로 사감 맡는 건지도 모르잖아. 쫌 두고 보자."

"알겠어, 그래야지 뭐."

애리가 무심히 대답했다. 이번엔 귀남이 종알거렸다.

"언니들도 참 까다로워. 일본인 선생님을 왜 그리 싫어해요? 이제 익숙해질 때도 됐잖아요?"

금선이 동그란 안경알 너머로 귀남을 흘겨보았다. 공부벌레이자 그림 천재쯤 되는 금선은 성격이 무던한데도 귀남을 가끔 못마땅해했다. 금선은 우리 중에서도 유난히 일본을 싫어하는데, 귀남이 걸핏하면 일본을 찬양하고 일본식이라면 사족을 못 쓰기 때문이다. 금선의 눈초리를 의식한 듯 귀남은 움찔하며 입을 다물었다.

분위기가 살짝 싸해지자 애리가 짝짝 손뼉을 쳤다.

"그만, 그만! 사감 선생님 때문에 우리끼리 이럴 필요 없잖아? 각자 자기 일 하고, 신혜인 넌 얼른 편지나 써. 그래야 꽃양산을 받지. 잘 쓸 필요 없고 대충 간단하게 써 줘. 그놈 나가떨어지기만 하면 되니까."

"알겠어. 대충 간단하게 쓰는 게 더 힘들다 뭐."

애리의 성화에 나는 다시 책상 맡에 앉았다. 애리한테 일방적으로 러브레터를 보내는 정신 나간 남학생한테 겁을 잔뜩 먹이는 편지를 대필해 주기로 한 거다. 공짜로 써 주는 건 아니고 꽃무늬 양산을 받기로 하고 말이다.

나는 이렇게 종종 학우들의 러브레터를 대필해 주고 작은 사례를 받곤 한다. 다른 과목은 젬병이어도 작문 성적만큼은 괜찮은 까닭이다. 『무정』 같은 연애 소설과 『사랑의 불꽃』 같은 연애 서한집 뿐만 아니라 똘스토이나 도스또예쁘스끼, 뚜르게네프 등 외국 작가의 소설을 경성도서관에서 빌려다 책장이 닳도록 읽은 덕분이기도 하다.

하지만 러브레터라면 차라리 쉽겠는데 이번 대필 편지는 그 반대라 도리어 어려웠다. 열 통이나 되는 편지를 보내며 집적거리는 남학생한테 썩 꺼지라는 얘기를 해야 하니까. 그래도 어찌어찌 머리를 굴렸더니 첫 문장이 번뜩 생각났다. 나는 펜대를 쥐고 얼른 글을 써 내려갔다. 곧 편지가 완성됐다.

"다 썼어. 민애리, 얼른 읽어 보슈."

"어? 뚝딱 썼네. 어디 보자."

애리가 소리 내어 편지를 읽기 시작했다.

김 군은 보시오.

나는 은명여고보 민애리올시다.

귀군이 수차례 보낸 편지 때문에 이 몸이 학교에서 부도덕한 학생으로 찍힌 바, 당장 중단하지 않으면 결코 무사치 않으리라 경고합니다. 이 편지를 읽는 즉시 무례하고 치졸한 행위를 즉각 중단하시오. 만약 이 경고를 무시하고 계속 보낼 시, 귀군 따위 혼쭐낼 방도는 나 민애리, 백만 개쯤 장전하고 있소이다.

— 다이쇼 15년 4월 19일 은명여고보 민애리 씀.

애리가 편지를 다 읽고서 웃음을 터뜨렸다.

"푸핫. 귀곡 산장에서 보내는 편지니? 등골 서늘하네. 편지에서 살얼음 뚝뚝 떨어진다."

"하하 그 김 군, 편지 읽으면서 부들부들 떨겠는데요. 글씨까지 사무라이처럼 사납잖아. 혜인 언니 글씨, 원래는 엄청 단아하고 예쁜데."

귀남에 이어 금선까지 합세했다.

"나도 이렇게 간담 서늘한 편지는 처음이야. 김 군인지 뭐시기인지 편지질을 중단 안 하고 배기겠어? 이래서 신혜인을 천상 문장가라고 하나 봐."

"달랑 이 몇 줄로 왜들 이래. 조선 문장가 다 얼어 죽었나 보다."

내가 멋쩍어하는데도 금선은 그만두기는커녕 칭찬을 더 늘어놓았다.

"뭘, 이왕 품평하는 김에 더 해 보자. 정말 신혜인은 생김새부터 문장가야. 솔직히 예쁜 건 아녀도 새치름한 눈매에 야무진 입술하며, 좀 전에도 고개를 갸웃하고 손가락에 펜대 쥐고 있는 모습이 딱 맞더라니까."

"맞아요. 언니가 연애편지 대필해 줘서 성사된 쌍도 한둘이 아니잖아. 혜인 언니, 우리 몰래 연애하는 거 아니에요? 그러지 않고서야 연애편지든, 경고 편지든 이렇게 잘 쓸 수가 없어요."

귀남의 말에 애리가 방글방글 웃으며 놀려 댔다.

"십중팔구 신혜인 우리 몰래 비밀 연애 하는 거 맞아."

"누가 연애를 한다고! 민애리, 넌 얼른 꽃양산이나 대령해!"

"알았어. 김 놈팡이 떨궈 주는 대가로 내가 경성에서 제일 예쁜 꽃양산 대령한다!"

그때 복도에서 땡땡 종이 울렸다. 예비 소등 종, 그러니까 십 분 안에 전등불을 끄고 취침할 것을 알리는 종이었다. 우리는 서둘러 방 안을 정돈한 뒤 이부자리를 폈다. 방장이면서 최상급생인 4학년 음전 언니와 부방장인 3학년 미자 언니도 때맞춰 들어왔다.

전등불을 끈 뒤 여섯 명이 자리에 눕자마자 소등 종이 울렸다. 이내 사방은 깜깜해지고, 사감 선생님이 복도를 다니며 불어 대는 호루라기 소리만 삑삑 들려왔다.

이틀 뒤 조회 시간이었다. 새 학감 선생님과 재봉 선생님이 부임해 갑자기 열린 특별 조회였다. 전교생이 기미가요*를 부르고 나자 교무 주임이 구령을 외쳤다.

"차렷! 천황 폐하가 계신 궁성을 향해 경례엣!"

운동장에 도열해 있던 학우들과 연단 위의 선생님들 모두 동쪽을 향해 허리를 반으로 굽혔다. 일본 천황이 사는 궁성을 향해 반절을 하는 거다.

"바로옷! 이어 교장 선생님께서 교육 칙어**를 읽으시겠습니다."

교무 주임의 안내에 따라 교장 선생님이 연탁 앞에 섰다. 흰 저고리 깜장 치마에 흰 장갑을 낀 교장 선생님은 교육 칙어 등본을 공손히 받든 채 또박또박 읽어 가기 시작했다.

"교육 칙어. 그대들 위대하신 천황 폐하의 신민들은 마땅히 충효를 다하고 모든 사람이 한마음으로 대대로 아름다움을 이루어야 한다. 황국 신민들은 모름지기……."

수도 없이 들은 지겨운 소리를 듣고 있으려니 몸이 배배 꼬이고 졸리기까지 했다. 하지만 움직여서도 졸아서도 안 된다. 교무주임한테 걸렸다가는 치마를 걷고 종아리를 맞거나 가슴과 엉덩이를 회초리로 쿡쿡 찔려야 하니까. 나는 허벅지를 세게 꼬집으며 애써 졸음을 쫓았다.

---

* 기미가요: 일본의 국가를 이르는 말. 일왕을 찬양하는 내용이 담겨 있으며, 일제 강점기에는 황민화 정책의 하나로 조선인에게 강제로 부르게 했다.
** 교육 칙어: 1912년 조선의 모든 학교에 배부되어 각종 의식에서 낭독하도록 법제화 되었던 문서. 이를 근거로 1930년대에 황국 신민 서사가 태어남.

교육 칙어를 다 읽은 교장 선생님이 훈시를 시작했다.

"친애하는 은명여고보 학생 여러분. 오늘은 새 학감 선생님과 재봉 선생님이 부임하심에 따라 특별 조회를 하게 됐습니다. 새 선생님 소개에 앞서 동맹 휴학에 대한 당부부터 하겠습니다."

학우들이 웅성웅성했다.

"동맹 휴학? 우리랑 상관없는 얘기인데 왜?"

"그러게. 우리 학교는 안 하는데 왜 저러신대?"

교장 선생님이 목소리를 높였다.

"조용, 조용! 동맹 휴학은 사제간의 의리를 저버리는 일입니다. 여러분은 어떠한 경우에도 동맹 휴학에 휩쓸려서는 아니 됩니다. 대일본제국의 여성은 어질고 정숙하고 현명해야 하며, 우리 은명여고보의 교육 목표 역시 대일본제국의 가정을 알뜰하고 충실하게 이끌어 갈 현모양처를 양성하는 것입니다."

요즘 경성은 물론 조선 방방곡곡에서 동맹 휴학이 들불처럼 번져 가고 있었다. 학교의 교육 방침이나 교사들의 태도에 불만을 품은 학생들이 휴학으로써 투쟁하는 거다. 갈수록 학교마다 일본식 교육을 강요하고 있어 그런 것 같았다. 아직 우리 학교는 아무 조짐이 없고 나도 동맹 휴학 같은 건 할 이유가 없다. 공부보다는 기숙사에서 동무들과 언니들과 어울려 지내는 게 더 재미난데 딱히 무슨 불만이 있고 무슨 투쟁을 하겠나.

"……그러므로 우리 은명여고보 학생들은 타교의 동맹 휴학에

휘둘리지 말고 학업에만 매진함으로써 대일본제국의 현명한 여학생이 되어야 할 것입니다."

다행히 교장 선생님은 다른 날보다는 빨리 훈시를 마쳤고, 교무 주임은 새 선생님들을 소개하기 시작했다.

"요시다 아키오 선생님은 동경제국대학을 수석 졸업하신 분으로서 우리 은명여고보에서 학감을 맡고 지리 과목까지 지도하시게 됩니다. 마쓰이 리코 선생님 역시 동경여자대학을 우수한 성적으로 마친 재원으로, 재봉과 가사 과목 뿐 아니라 기숙사 사감까지 맡으실 예정입니다. 먼저 학감 선생님, 한 말씀 부탁드려도 될까요?"

걸음새도 거만하게 요시다 학감이 연단 앞으로 나왔다. 빳빳하게 각이 잡힌 검은 제복에 발목까지 올라오는 가죽 구두를 신고 있었다.

"안녕하십니까. 만나서 반갑습니다."

온화해 보이는 얼굴과는 달리 목소리에서 쨍쨍 쇳소리가 났다.

"에또…… 나 요시다 아키오는 은명여고보 학감으로 부임함을 크나큰 영광으로 생각하는 바입니다. 대일본제국의 조선인 교육 목표는 훌륭한 황국 신민을 기르는 데 있습니다. 그러나 망국민인 조선인들은 일하는 것을 싫어하고 안일만을 좇으며 나태한 삶에 빠져 있는 바……."

운동장이 또 술렁거렸다.

"뭐래? 조선인이 일하는 것을 싫어하고 안일만을 좇아?"

"우리가 나태한 삶에 빠져 있어? 말이 너무 심하네."

그동안 숱한 일본인 선생님이 부임했지만 이토록 노골적으로 조선인을 폄하하는 경우는 없었다. 교장 선생님과 다른 선생님들 얼굴에도 당황한 표정이 역력했다. 그럼에도 교무 주임은 지휘봉을 휘두르며 조용히 하라고 우리만 다그쳤다. 겨우 사방이 잠잠해지자 요시다 학감이 말을 이었다.

"그러므로 은명 학생 여러분은 내선일체 정신과 황국 신민의 자세를 갖추고 자랑스러운 대일본제국의 여학생으로서 역할을 다해 주기를 바랍니다."

곧 학감이 물러나고 마쓰이 리코 선생이 연단 앞으로 나왔다. 리코 선생은 간단히 인사만 했을 뿐 부임 연설은 하지 않았다. 그렇대도 인상부터가 여간 깐깐해 보이는 게 아니었다.

새로 마주한 현실

　요시다 아키오와 마쓰이 리코, 두 선생님이 부임한 주의 반공일* 오후였다. 오전 수업이 끝나자 통학생들은 하교를 했고, 기숙사를 쓰는 학우들도 점심을 먹은 후 외출도 하고 집에도 갈 겸 학교를 빠져나왔다. 나도 애리, 금선과 함께 교문을 나섰다.

　반공일 오후의 종로통은 늘 그렇듯 북적거렸다. 자동차와 인력거, 자전거가 전차 옆을 달리고, 옥양목 두루마기에 맥고모자를 쓴 노인, 양복 차림을 하고 중절모로 멋을 부린 모던 보이, 교복을 입은 남학생과 여학생들이 거리를 활보했다. 찰랑찰랑 물이 흘러넘치는 물지게를 진 물장수, 올봄 유행색인 연분홍색과 연옥색 치마저고리로 단장한 여인들, 허리에 순찰봉을 찬 채 군홧발을

---

* 반공일 : 예전에 토요일을 일컫던 말. '오전만 일을 하고 오후에는 쉬는 날'이라는 뜻이다.

착착 맞춰 행진하는 일본 순사들까지. 알록달록한 기모노를 입고 게다를 신은 일본 여인들도 더러 눈에 띄었다.

금선은 종현성당에 간다고 보신각 정류장에서 헤어졌고, 나는 애리와 함께 전차를 탔다. 탑골 공원과 황금정을 거쳐 홍인문으로 가는 전차인데, 승객이 많아 서서 가야 했다. 조금 뒤 황금정에서 애리가 먼저 내리고 나는 바깥 풍경에 눈길을 고정했다. 얼마큼 가자 '부인 병원' 간판이 저만치 보였다. 더럭 반가운 마음이 들며 괜스레 신이 났다.

'이모가 저 병원에서 일한다고 했지? 얼른 보고 싶다. 같이 온다는 이모 약혼자는 어떤 사람일까? 신문 기자라던데 근사한 분이겠지. 오늘 밤엔 두 사람 러브스토리 들어야지.'

초희 이모는 어머니의 하나뿐인 여동생인데 신여성 중에서도 신여성이다. 일본 동경여자의학전문학교에서 유학하고 의사가 돼 오 년 만에 조선에 돌아왔기 때문이다. 귀국한 건 지난 화요일인데 오늘은 약혼자까지 집에 데리고 와서 함께 저녁을 먹기로 했다.

내게 이모는 은명여고보 선배이기도 하다. 나이도 열두 살 밖에 차이나지 않아 언니 같기도 하지만 난 이모가 늘 자랑스러웠다. 나는 어머니 등쌀에 여학교를 들어온 터라 은명을 졸업한 다음 무엇을 할지 막막했지만, 이모만 생각하면 늘 본받고 싶고 우러르는 마음이 절로 생겼다.

이런저런 생각을 하는 사이 흥인문 앞 종점에 전차가 섰다. 전차에서 내리자마자 나는 종종걸음 쳤다. 일주일 만에 만나는 어머니 품으로, 오 년 만에 해후하는 이모 곁으로 최대한 빨리 가고 싶었다.

큰길을 건너 집집 담장마다 복숭아꽃이 흐드러진 골목길로 접어들었을 때였다. 골목 끝 우리 집 대문 앞에 인력거꾼이 쭈그려 앉아 곰방대를 빨고 있는 게 보였다. 그 옆엔 인력거도 서 있었다.

'이모가 타고 왔나? 아님, 바느질 손님이 왔나?'

얼른 집을 향해 내달렸다. 그런데 인력거 앞까지 왔을 때, 쩌렁쩌렁한 여인 목소리가 담 너머로 날아왔다.

"그 말이 정말인가? 나도 다 알아보고 왔는데?"

이번엔 어머니 목소리가 들렸다.

"잘못 아신 겁니다. 댁네 양반하고 인연 끊은 지 십 년이라고요. 딸아이랑 동생만 보고 사는데 이게 무슨 행팹니까!"

대문 안으로 뛰어 들어갔다. 모본단 치마저고리를 입고 까만 조바위를 쓴 뚱뚱한 여인이 씩씩거리고 있고, 어머니는 섬돌 앞 앵두나무 가지를 잡은 채 해쓱한 얼굴로 넘어질 듯 서 있었다.

"어머니! 무슨 일이에요!"

달려가 어머니를 부축하자 조바위 여인이 위아래로 훑어보며 비아냥거렸다.

"네가 딸년이로구나. 개명 천지 하더니 세상 좋아졌어. 퇴기 딸년이 여학교를 다 다니고. 권번*이 딱인데."

그때 이모가 마당 안으로 급히 들어왔다. 파마한 듯 구불구불한 단발머리에 모자를 쓰고 연노랑 블라우스와 남색 스커트, 새까만 뾰족구두로 단장한 모습이 누가 봐도 신여성이었다. 약혼자인 듯 이모를 따라 들어온 남자도 꽤나 멋쟁이였다. 하지만 해후의 기쁨을 나눌 틈일랑 없었다.

"이봐요! 남의 집에 쳐들어와서 웬 행패죠? 우리 혜인이, 여학교 다니는 거는 웬 시비이며 그쪽 남자를 왜 여기서 찾아요! 번지수 틀렸으니 얼른 가라고요!"

상황을 이미 알아챈 듯, 이모가 삿대질하며 소리쳤다. 조바위 여인은 움찔했지만 이내 세모눈을 뜨고 깐죽거렸다.

"아하, 동경 유학 다녀왔다는 여의사? 차림새로는 삼패 기생인지 발랑 까진 모던 걸인지 분간이 안 가네. 암튼 들은 것하곤 다르니 내 다시 알아봄세. 거짓이면 가만 안 둘 테니 두고 보라고!"

이러고서 여인은 찬바람처럼 쌩 사라져 버렸다.

"어머니, 저 여자 누군데 우리 집에 와서 행패예요? 잘못 찾아온 거죠?"

나는 어머니를 다그쳤다. 아무 상관없는 여자라고 하기를 바라면서. 그러나 어머니는 내 손부터 덥석 부여잡았다.

---

* 권번: 일제 강점기에 노래와 춤을 가르쳐 기생을 양성하던 조합.

"혜인아, 미안하다……. 조만간 말해 주려 했는데……."

"뭐를요?"

"이따가 차근차근 얘기하마. 휴우."

어머니가 한숨을 내쉬더니 이번에는 이모 약혼자 쪽으로 고개를 돌렸다.

"윤 기자라 했지요? 초면에 험한 꼴을 보여서 민망하네요."

이모의 약혼자는 정중히 인사부터 했다.

"처음 인사드립니다. 윤지석입니다. 저는 괜찮습니다."

'이게 뭐지? 혹시 아까 그 여자 남편이 내 아버지? 아버지가 죽은 게 아니라 살아 있고 어머니는 기생 출신? 아버지는 내가 다섯 살 때 세상을 떴다고 했는데 다 거짓말이었던 거야?'

가슴이 벌벌 떨렸다. 어머니에게 확인을 해야 했다. 하지만 처음 보는 윤 기자님 앞에서 차마 그런 질문을 할 수는 없었다. 그 자리에 더는 있을 수 없어 나는 대문을 뛰쳐나와 버렸다.

"혜인아, 어디 가니! 거기 서 봐!"

이모가 쫓아오는 소리가 들렸지만 나는 그대로 내달렸다. 이모도, 어머니도, 아무도 쫓아오지 못하도록 그렇게 힘껏……. 아무도 나를 모르는 머나먼 곳으로 그렇게 영영 사라져 버리고만 싶었다.

집을 뛰쳐나오긴 했지만 갈 곳이라곤 딱 한 군데뿐. 기숙사로 와서 눈을 감고 누워 있는데 면회자가 왔다는 전갈이 왔다. 어머니일까 싶어 면회실로 가니 이모가 와 있었다. 이모는 나를 보자마자 와락 끌어안았다.

"역시 여기 있었구나. 딴 데 안 가고 여기 와 줘서 고맙다."

울컥했지만 안 그런 척, 나는 이모 품에서 빠져나와 무뚝뚝하게 물었다.

"왜 왔는데?"

"왜 오긴. 우리 혜인이 보고 싶어서 왔지. 언니도 오겠다는 걸 말렸어. 이모가 오는 게 나을 거 같아서. 근데 그새 울었니? 아고, 고운 얼굴이 퉁퉁 부었네."

이모 말에 가까스로 가라앉았던 설움이 훅 솟구쳤다. 기숙사로 온 후 많이 울어서 정말 눈두덩이 퉁퉁 부은 상태였다. 다행히 다들 외출해 기숙사 방에는 아무도 없고, 지금 면회실에도 나하고 이모, 둘 뿐이다.

"놀랐지? 앉아서 얘기하자."

이모가 탁자 앞에 있는 의자를 내밀었다. 나는 이모 앞에 마주 앉으며 침착하게 말했다.

"지금은 괜찮아. 어떻게 된 건지 얘기나 해 줘."

"그래, 차근차근 얘기하마. 어떻게 된 거냐면, 언니는 열일곱 살, 나는 여덟 살 때 역병이 몰아쳐서 네 외할아버지랑 외할머니가 갑자기 돌아가셨어. 언니랑 나, 달랑 둘만 세상에 남았지. 근데 우리한테 남은 게 하나도 없는 거야. 친척이 우리 재산을 다 빼돌렸더라고."

옛일을 떠올리는 게 힘든 듯, 이모가 눈을 질끈 감았다가 떴다.

"난 어려서 아무것도 몰랐지만, 언니는 눈앞이 캄캄했대. 배운 건 없고, 살아갈 방도는 막막했으니까. 여자한테 무슨 교육이냐고 해서 언니는 학교 구경도 못 했거든. 그때 누가 명월관을 소개해 줬나 봐. 언니는 날 데리고 명월관에 들어갔지."

명월관이라면…… 요릿집이자 기생집? 나는 묻고 싶었다. 어머니가 왜 명월관에 들어가 기생까지 돼야 했는지, 살아갈 방도가 그것말고 더는 없었는지……. 내 마음을 읽기라도 한 듯 이모가 말했다.

"언니가 자기 한 몸 희생해서 날 뒷바라지하려고 한 거야. 어릴 땐 철이 없어 몰랐는데 나 때문에 언니가 그랬던 걸 생각하면 너무 가슴이 아파……."

감정이 북받치는지 이모 목소리가 바르르 떨렸다.

"언니는 내 뒷바라지를 한다고 평생 혼인도 안 하려고 했어. 그러다 네 아버지를 만났는데 그 사람이 혼인을 약속하며 마음을 흔들었던 거야. 언니는 그 약속을 철석같이 믿고 명월관을 나와서 너를 낳았지."

이야기를 들을수록 심장 박동이 빨라지는 것 같았다. 신소설에나 나올 법한 사연이 내 어머니의 사연이라니. 어머니가 이런 기막힌 사연의 주인공이라니.

"근데 그 사람이 차일피일 혼인을 미루더라. 언니는 애가 탔지만 뾰족한 수가 없으니 기다렸지. 그러다가 네가 다섯 살 때 그 사람이 유부남이었단 걸 알게 됐어. 오늘처럼 본처가 찾아와서 난리를 피웠거든."

가슴이 무너져 내리는 것 같았다. 이미 세상을 뜬 것으로 알았기에 더 그리워했던 아버지다. 아버지라는 사람에 대한 분노가 너무 큰 탓일까. 어머니가 기생이었다는 사실은 오히려 덤덤하게 받아들여졌다. 그래, 어머니가 기생이었으면 어떠랴. 나한테는 꽃보다도 더 곱고 귀한 어머니인데…….

이모가 내 눈치를 살피면서 뒷얘기를 이어 갔다.

"그때부터 언니는 그 사람하고 인연 딱 끊고 너하고 나를 데리고 홍숫골로 들어왔지. 삯바느질을 시작한 것도 그때부터고. 다행히 언니 솜씨가 좋아서 단골은 금세 늘었어. 일이 년 지나니까 먹고살 걱정은 안 해도 될 정도가 됐지. 그 덕에 이모는 여학교도 가고, 일본 유학까지 갈 수 있었고."

그랬구나. 그렇게 된 거구나. 가까스로 참았던 눈물이 주르륵 쏟아졌다. 어머니와 이모가 원망스럽기도 했다.

"그 얘기를 왜 여태 안 해 줬어……. 내 나이가 몇인데 여태 감췄냐고. 그런 줄도 모르고 난 아버지란 사람을 그리워했잖아. 차라리 먼저 말해 줬으면 충격이 덜했을 거 아냐……."

울먹울먹하면서 나는 막 따졌다. 이모가 손가방에서 손수건을 꺼내 눈물을 닦아 주며 말했다.

"네 맘 충분히 이해해. 근데 정말 조만간 날 잡아서 너한테 얘기해 주려고 했었어. 이모가 화요일에 귀국해서 집에 갔었잖아. 그날 언니랑 둘이서 그렇게 하자고 했었어. 그런데 하필 본처가 갑자기 나타나는 바람에…… 근데 혜인아, 아버지가 누군지 궁금하지는 않아?"

나는 아주 거세게 고개를 저었다.

"아버지? 어머니랑 나를 버린 사람인데 무슨 아버지야! 난 안 궁금해. 죽었다고 했잖아. 그냥 죽은 사람으로 칠 거야."

이모가 고개를 끄덕거렸다.

"역시 우리 혜인이는 당차구나. 그래, 지난 일에 마음 쓰지 말자. 우리한텐 창창한 앞날이 있어. 우리 셋이 똘똘 뭉쳐서 서로 아껴 주고 지켜 주면서 열심히 살면 되는 거야, 알았지?"

"알겠어."

"한마디만 더 하고 갈게. 이모는 의학 공부를 해서 의사가 됐어. 여느 조선 여자들은 꿈도 못 꿀 일이지. 이게 다 언니 덕이라는 거 알아. 그래서 이모는 열심히 일해서 하나뿐인 울 언니 꽃방석 앉혀 줄 거야. 은혜 갚을 거야. 혜인이 너도 당당한 신여성이 돼서 어머니 호강시켜 드려야 한다. 그게 어머니 한을 풀어 드리는 길이고 어머니를 기쁘게 해 드리는 일이야. 알겠니?"

이모가 말하지 않아도 나는 벌써 그렇게 생각하고 있었다. 하지만 아직은 자신이 없었다.

"알았어, 이모. 근데 난 아직 뭐가 되고 싶은지도 모르겠어. 뭐라도 되어야 어머니 호강시켜 드릴 텐데."

"지금부터 찾으면 되지. 너 책 좋아하고 글도 잘 쓰잖아. 이모한테 일본으로 보낸 편지들도 엄청 잘 썼더라. 그러니까 문장가가 돼도 좋고, 선생님을 해도 좋겠지. 은봉이처럼."

"은봉이? 혹시 나은봉 선생님?"

"그래, 은봉이가 내 동기 동창이야. 엄청 친해."

"세상에, 어쩜 그러면서 말을 안 했어? 이모도, 선생님도?"

나는 투덜거리면서도 내심 기뻤다. 은봉 선생님은 우리 학교 조선어 선생님이자 유명한 문장가인데, 우리 학교 3학년에 재학 중일 때 문학잡지에 시가 당선돼 등단한 실력파다. 무엇보다도 내가 무척 따르고 좋아하는 선생님이기도 했다. 그런데 이모랑 은봉 선생님이 그렇게 친한 사이라니……. 너무나 충격적이고 슬픈 오늘, 나를 위로해 주는 단비 같은 소식이었다.

이모가 아까보단 한결 여유로운 표정으로 말을 이었다.

"그것도 조만간 얘기해 주려고 했어. 암튼 넌 은봉이처럼 돼도 좋고, 윤 기자처럼 신문 기자가 돼도 좋을 거 같아. 요즘 신문사에 여기자도 있거든. 조선 여인들이 우물 안 개구리처럼 살아서 그렇지, 세상은 넓고 여자들도 할 일이 많단다."

"정말 그럴까, 이모?"

"당연하지. 중요한 건 인생 목표가 현모양처여서는 안 된다는 거야. 현모양처는 부수적인 거지 그 자체가 목표가 될 수는 없어. 이모는 유능한 의사이자 현모양처가 되는 게 꿈이야. 윤 기자 꿈은 뭔지 아니? 유능한 기자이자 현부양부가 되는 거래."

"무슨 말인지 알 거 같아."

"그렇지? 그러니까 우리 혜인이 힘내! 이모도 귀국했으니 좋잖아. 안 그래?"

"그건 그래. 이모가 와서 너무 든든해."

"아이고, 우리 혜인이 웃는 걸 보니 마음이 놓이네. 다 잘 될 거야. 그럼 이모 이만 갈게."

"알겠어. 어머니한테 잘 전해 줘. 나 괜찮다고."

"그래. 역시 우리 혜인이야. 이래서 이모가 혜인이를 예뻐하지!"

이모는 나를 한번 꼭 안아주고는 한결 밝아진 표정으로 돌아갔다. 나도 기숙사 방으로 돌아왔다. 그런데 아무도 없는 텅 빈 방, 책상 앞에 앉아 있으려니 다시 가슴이 먹먹해져 왔다.

'어떻게 이런 일이 나한테 벌어질 수가 있지? 어머니는 또 얼마나 힘드셨을까.'

슬픔이 가슴 가득 차올랐다. 어머니 인생에 맺혀 있을 한을 생각하니 더욱 그러했다. 하지만 나는 이모가 한 말을 되새기며 스스로를 채근했다.

'아냐, 기죽으면 안 돼. 예전보다 더 씩씩해져야 해. 지난날 말고 앞날만 생각하자. 인생 목표도 또렷이 세우고 더 당당하게, 열심히 살자. 나 자신을 위해서, 어머니를 위해서……'

슬픔은 전염되는 걸까

창밖에서 새소리가 극성스레 들려왔다. 복도의 괘종시계도 종을 일곱 번 울리며 기상 시간을 알렸다. 새로운 한 주가 시작된 지 이틀째 되는 날 아침이었다.

"벌써 아침이야? 더 자고 싶은데."

"나도 나도!"

금선과 애리가 이불을 목까지 끌어 올리며 투덜거렸다. 언니들은 그새 세안을 하러 갔는지 없고, 귀남은 아직 꿈속을 헤매는지 아무 기척이 없었다. 그때, 복도에서 난데없는 울음소리가 들렸다. 어지러운 발자국 소리도 함께였다. 곧 음전 언니가 눈시울이 벌게진 채 방으로 들어왔다.

"황제 폐하께서 승하하셨다. 모두 소복으로 갈아입고 검은 댕기 드려라."

우리는 깜짝 놀랐다. 며칠 전 조선어 시간에 은봉 선생님이 융희 황제께서 위독하셔서 이왕직*이 비상 상황이라고는 했지만 이렇게나 빨리 돌아가실 줄이야.

뒤따라 들어온 미자 언니도 우리를 재촉했다.

"다들 서둘러. 우리 다 같이 창덕궁으로 망곡하러 갈 거야."

"망곡이 뭔데요?"

"국상을 당했을 때 대궐 문 앞에서 백성들이 모여서 곡하는 거야. 폐하께서 창덕궁에서 지내셨으니 창덕궁 돈화문 앞으로 가는 거고."

애리의 질문에 미자 언니가 대답하자, 이번엔 귀남이 물었다.

"수업 안 하고 가요? 학교에서 허락했어요?"

음전 언니가 대뜸 목소리를 높였다.

"이게 학교 허락을 받고 말고 할 일이니? 황제 폐하께서 승하하신 마당에?"

"그래, 수업이 다 뭐니? 백성들의 어버이가 돌아가셨다고."

미자 언니까지 타박을 놓자 귀남이 머리를 긁적거렸다.

"네, 알겠어요. 얼른 준비할게요."

하지만 나는 흰 치마도, 검은 댕기도 없다. 창덕궁까지 꼭 가야

---

* 이왕직: 일제 강점기에 조선 왕가의 일을 맡아보던 관청. 1910년 한일 합병과 함께 대한제국 황실이 '이왕가'로 격하됨에 따라 기존의 황실 업무를 담당하던 궁내부를 계승해 설치했으며 일본 궁내성에 소속된 기구였다.

하나 하는 생각도 들었다.

"흰 치마 없으면 안 가도 되죠? 검은 댕기도 없거든요."

내가 조심스레 말하자 미자 언니가 못마땅한 표정을 지었다.

"교복 속치마가 흰 광목으로 만든 거라 그거 입으면 돼. 댕기는 검은 천 아무거나 뜯어서 손바느질하면 되고."

"알았어요. 얼른 준비할게요. 얘들아, 통치마 만들다가 남은 쪼가리 있잖아. 그걸로 만들자."

금선의 말에 모두 검정색 광목천과 실, 바늘을 꺼내 댕기를 만들기 시작했다. 망곡하러 가는 게 내키지는 않았지만 혼자 기숙사에 있기도 눈치 보여 나도 검정 댕기를 만들었다.

그렇게 뚝딱 만든 검정 댕기를 땋은머리에 드리운 후 우리는 소복 차림으로 갈아입었다. 교복 저고리는 어차피 흰색이고 흰 치마가 없는 사람은 미자 언니 말대로 속치마로 대신했다. 그러고서 밖으로 나가니 교문 앞 운동장에는 벌써 많은 학우들이 모여 있었다.

"두 줄로 서, 두 줄로! 질서 있게 가자."

상급생 언니들이 나서서 줄을 세우는 사이, 집에서 통학하는 학우들도 속속 도착했다. 많은 통학생들이 교문 앞에 늘어선 소복 차림의 학우들을 보고 놀랐지만, 집에서부터 소복을 입고 온 경우도 적지 않았다. 상급생 언니 중 하나가 통학생들에게 설명했다.

"황제 폐하께서 승하하셔서 전교생이 창덕궁 돈화문 앞으로 가서 망곡을 하기로 했다. 소복 입고 온 사람은 그대로 합류하고, 교복 입은 사람은 교실에서 옷 갈아입고 창덕궁 앞으로 오면 된다."

이내 소복을 입은 통학생들은 교문 앞 행렬에 합류하고, 교복 차림 학우들은 옷을 갈아입으러 교실로 향했다.

"자, 출발하자! 창덕궁을 향해 행진!"

상급생 언니의 말을 신호 삼아 우리는 줄지어 차례차례 발걸음을 옮겼다. 그때 뒤에서 요란한 호루라기 소리와 함께 거친 고함이 들렸다.

"삑삑익! 서랏! 다들 멈췻!"

요시다 학감이 지휘봉을 휘두르며 달려오고 있었다. 뾰족구두를 신은 리코 선생도 뒤뚱뒤뚱 뛰어왔다. 상급생 언니들이 다급히 소리쳤다.

"뛰어, 얼른!"

"상관 말고 출발!"

우리는 일제히 달음박질쳤지만 교문 앞에서 막히고 말았다. 언제 왔는지 교무 주임이 두 팔을 딱 벌리고 앞을 가로막았기 때문이다.

"학생의 본분은 공부다. 너희가 창덕궁까지 가서 망곡할 이유가 없다!"

교무 주임의 말에 학우들이 소리쳤다.

"비키세요! 우리는 창덕궁 갈 겁니다!"

"선생님도 같이 가요!"

그사이 요시다 학감이 와서 고함을 쳤다.

"명령이다! 교실로 돌아가라. 교실로 돌아가 수업을 받으라!"

"황제 폐하가 돌아가신 마당에 무슨 수업이에요? 우린 망곡하러 갈 거라고요!"

음전 언니가 울먹거리며 저항하자, 다른 학우들도 덩달아 울음을 터뜨렸다. 하지만 요시다 학감은 화통 삶아 먹은 소리로 되레 호통을 쳤다.

"대일본제국의 황제는 위대하신 다이쇼 천황 폐하 한 분뿐이다. 이왕이 죽었다고 천황 폐하의 신민인 너희가 망곡을 할 이유가 없다. 이미 망해 버린 조선의 왕이 죽었는데 왜 구질구질하게 울고 짜고 하느냐고!"

그때 포플러 나무가 쭉 서 있는 교문 쪽에서 우렁우렁한 목소리가 들려왔다.

"요시다 선생님, 그 무슨 궤변이신가요? 힘이 다한 어버이는 어버이가 아닙니까? 힘이 다한 어버이를 추모하는 건 구질구질한 일입니까?"

검정 두루마기를 입고 검정 고무신을 신은 류동렬 선생님이 옆구리에 책보를 낀 채 성큼성큼 걸어오고 있었다. 역사와 지리, 두 과목을 맡고 있는 동렬 선생님은 남학교인 경정고등보통학교에서 오래 근무하다가 우리 학교에 온 지 일 년 밖에 되지 않았다. 하지만 교사 인기 투표에서 은봉 선생님과 선두를 다툴 정도로 학우들로부터 커다란 인기와 신뢰를 한몸에 받고 있었다.

요시다 학감이 헛기침을 하며 대꾸했다.

"그게 아니라 조선인들은 대일본제국 천황 폐하의 백성이므로 창덕궁 앞에서 망곡하는 건 당치 않다는 거요."

"그 말씀 앞뒤가 안 맞는데요? 조선과 일본은 한 몸이라고 입이 닳도록 외치시더만, 진정한 내선일체를 이루려면 학감 선생님도 우리 나랏님의 승하를 슬퍼해야 하는 것 아니오? 오백 년 종사의 마지막 황상이 승하하신 마당이오!"

동렬 선생님은 이러면서 우리를 향해 소리쳤다.

"창덕궁으로 가라! 뒷일은 내가 책임진다."

요시다 학감도 질세라 고함을 질렀다.

"교실로 돌아가라! 수업을 거부하는 자는 정학이다!"

학우들은 우왕좌왕했다. 몇몇은 이미 교정을 가로질러 교실로 가고 있기도 했다. 나는 뭐가 옳은지 가늠할 수 없었다. 어쩌면 요시다 학감의 말이 맞는 것 같았다. 조선은 이미 망한 나라이며, 일본의 식민지일 뿐 형체가 없으니 조선인은 융희 황제의 백성이 아니라 일본 천황의 백성이라는 말도 맞는 것 아닌가? 애리도 같은 생각인지 금선과 내 손을 끌어당겼다.

"교실로 가자! 정학당하면 안 되잖아."

그때 귀에 익숙한, 카랑카랑한 목소리가 울려 퍼졌다.

"류 선생님 말씀대로 해라. 창덕궁으로 가라고!"

나은봉 선생님이었다. 흰 치마저고리 소복 차림을 한 은봉 선생님은 요시다 학감 앞으로 오더니 또박또박 말했다.

"학감 선생님, 선생님이 자랑하는 대일본제국은 충효의 법도를 중요시한다면서요? 그런 나라의 선생님께서 학생들에게 충효를 저버리라 하면 됩니까? 학생들을 등 떠밀어서라도 망곡하러 보내야지요. 다른 학교 학생들도 다 창덕궁으로 가고 있어요. 아이들을 막지 마세요!"

은봉 선생님은 동렬 선생님과 마찬가지로 민족정신이 투철한 분이었다. 조선어 교과서에도 없는 '공후인' '황조가' 같은 고전을 우리에게 가르쳐 주는가 하면, '일본 여학생들이 한 시간 공부할 때 조선 여학생들은 두 시간 세 시간 공부해야 한다'며 우리를 채근하는 분이기도 했다.

요시다 학감은 우물쭈물하며 대꾸하지 못했다. 그 틈을 타서 음전 언니가 목소리를 높였다.

"애들아, 가자!"

그 말을 신호로 우리는 우르르 교문 밖으로 빠져나갔다. 요시다 학감과 리코 선생, 교무 주임도 더는 쫓아오지 못했다.

거리는 온통 흰옷과 검은 옷을 차려입은 사람들 천지였다. 교복 차림을 한 학생들도 적지 않았다. 상점들은 일장기를 반쯤 내린 조기를 내건 채 거의 문을 닫은 상태고, 사람들은 모두 구슬프게 통곡하며 창덕궁 쪽으로 가고 있었다. 슬픔은 전염되는 것일까? 창덕궁 돈화문 앞까지 걸어가는 동안 나는 여태 한 번도 경험하지 못한 격한 슬픔을 느꼈다. 학교에서 출발할 때만 해도 안 그랬는데, 정말 이상한 일이었다.

어느새 돈화문 앞에 다다르자 애끓는 울음소리가 사방에 가득했다. 굳게 닫힌 돈화문 앞에 구름처럼 몰려든 이들이 가슴을 두드리고 땅을 치며 서러이 통곡하고 있었다. 그런 와중에도 일본 기마경찰들은 따그닥 따그닥 말발굽 소리를 내며 조선인들 사이를 왔다 갔다하며 감시했다. 곤봉을 허리에 찬 헌병과 순사들도 삼엄한 눈초리로 사방을 살폈다.

그때 상급생 언니들이 소리쳤다.

"저쪽이 비어 있네. 애들아, 우리 저기로 가자!"

"그래, 모두 저쪽으로!"

학우들은 줄줄이 돈화문 앞 한구석으로 향했다. 나도 애리와 금선의 손을 잡고 급히 발걸음을 옮겼다. 가슴 한구석에서부터 뭔가 뜨거운 것이 올라오는 것 같았다.

살구꽃은 봄비에 지고

　날씨가 계속 화창하더니만 융희 황제께서 승하하시고 나흘째쯤부터 봄비가 내리기 시작했다. 기숙사 마당을 달큰한 향내로 가득 채웠던 살구꽃들도 봄비에 졌다.

　학교 본관 게시판엔 공지문이 나붙었다. 창덕궁 앞에서의 망곡과 휴업은 '위대하신 천황 폐하의 하해와 같은 하교'에 따라 허락하였으나 이후에는 절대 용납하지 않을 거란 내용이었다. 또 이후 단체 행동을 감행할 시, 주모자와 동참자 전원에게는 응분의 조치를 할 것이라는 내용도 있었다. 학교의 기류가 수상쩍게 바뀌어 가고 있다는 걸 우리 모두 어렴풋이 느끼고 있었다.

　공지문이 붙고서 며칠이 지난 월요일이었다. 식당에서 저녁밥을 먹고 막 방으로 들어왔을 때 미자 언니가 말했다.

　"봄비치고 구질구질하게 오네. 근데 음전 언니, 오늘 3학년 시간에 요시다 선생이 뭐라 했는지 알아요?"

들창을 내다보고 있던 음전 언니가 대답했다.

"요시다 학감? 4학년 교실에서도 오늘 요상한 소리를 해서 다들 어이없어 했는데 3학년 교실에선 뭐랬니?"

"그래요? 조선은 대륙에 붙어 있는 반도라서 늘 다른 나라 손에 운명이 달려 있었고 스스로 역사도 가질 수 없었대요. 그뿐 아녜요. 조선인들은 무리 지어 싸우길 좋아해 자기 이익에만 관심 있지 나라 전체 이익에는 관심도 없대요. 그래서 이렇게 쫄딱 망했다나 뭐라나. 그게 조선인 학생들하고 하는 첫 수업 시간에 할 소리예요?"

음전 언니가 한숨을 내쉬었다.

"휴우, 그 정도는 양반이야. 우리 교실에서는 더했어. 조선이 일본에서 갈라져 나온 나라라고 박박 우기더라. 그렇기 땜에 형뻘인 일본이 아우뻘인 조선을 지배하는 게 당연하다는 거야. 스스로를 다스릴 능력이 없는 조선을 일본이 다스려 주는 걸 조선인은 고마워해야 한대나. 뭔 개뼈다귀 같은 소리인지."

"어휴, 진짜 말도 안 돼."

미자 언니가 분개하자 음전 언니가 고개를 끄덕였다.

"그 선생님, 일본 우월주의에 푹 빠져서 정신 상태 진짜 심각하더라. 앞으로 우리 학교 선생님들 전부 일본인으로 바꿀 거라고 큰소리까지 쳤어. 교장 선생님은 그냥 꼭두각시고 앞으로 요시다 학감이 학교 일을 좌지우지할 거 같아. 정말 걱정이다."

그림을 그리고 있던 금선도 한마디 했다.

"일본 남자한테 시집가란 말은 안 했어요? 저급한 조선인한테 시집가면 인생 망치기 십상이니 꼭 일본인하고 혼인해라, 그래야 인생 활짝 핀다, 우리한텐 이런 헛소리를 지껄이더라니까요."

상급반에서도 같은 소리를 했다면서 두 언니가 걱정했다. 그런데 또 귀남이 쫑알쫑알 허튼소리를 하며 끼어들었다.

"저는요, 학감 선생님 말씀 틀리지 않다고 생각해요. 조선이 힘이 약하니까 일본한테 먹힌 거 맞잖아요. 솔직히 우리 조선인, 일본인한테 뒤떨어지고요. 조선이 없어졌으니 일본 남자한테 시집가는 것도 나쁘지 않죠."

가만히 듣고만 있던 애리도 한마디 거들었다.

"이왕 전하까지 돌아가셨으니 세상이 어찌 될지 걱정이에요. 우리 아버지도 조선이 나라를 되찾는 건 힘들 거라 하시던데……."

애리 말이 끝나기도 전에 음전 언니가 목소리를 높였다.

"네 아버지야 당연히 그러시겠지! 떵떵거리는 경성은행장에, 일본한테 남작 작위까지 받은 분인데 오죽하겠니? 근데 너, 이왕 전하가 뭐니? 융희 황제시다. 아무리 아버지가 그렇대도 너는 정신 챙겨야지."

"죄송해요, 언니. 제가 말실수를 했어요."

애리가 입을 꾹 다물며 고개를 수그렸다. 착하고 밝은 성품만큼이나 선배들 말이라면 일단 껌뻑 죽는 시늉을 하는 애리다. 그 래도 마음이 안 풀리는 듯 음전 언니가 귀남까지 나무랐다.

"귀남이 너는 조선 사람 아니고 일본 사람이니? 말조심 안 할 래? 조선이 없어지긴 왜 없어져? 잠깐 일본한테 눌리고 있을 뿐 이다."

귀남은 입술을 삐죽삐죽하면서도 "네"하고 대답했다. 생각나는 대로 말을 내뱉다가도 밀린다 싶으면 금세 승복하는 아이다.

나는 기숙사 언덕에서 꺾어 온 진달래꽃을 꽃병에 꽂으면서 다 섯 사람이 하는 이야기를 한 귀로 듣고 한 귀로 흘려버렸다. 심각 한 이야기에 내 생각을 보탤 만큼 마음이 평화롭지 않았다.

사실 요 며칠 사이 나는 부쩍 우울했다. 만사가 귀찮고 모든 것 에 관심이 안 생겼다. 진달래꽃을 꺾어 와 꽃병에 꽂을 생각을 한 건 자꾸만 무너져 내리는 기분을 바꿔 보려는 마음에서였다. 조 선이 어떻고, 융희 황제가 어떻고, 일본이 어떻고 하는 것에도 별 생각이 없었다. 어차피 조선은 일본의 속국이 되었는데 그런 얘 기가 무슨 의미가 있을까. 물론 수업 시간에 요시다 학감이 말도 안 되는 소리를 지껄이는 걸 들었을 땐 모래를 씹은 듯 기분이 씁 쓸했지만⋯⋯.

그때 옆방 후배가 방문을 열고 얼굴을 빠끔히 들이밀었다.

"혜인 언니, 애리 언니. 리코 선생님이 오라셔요. 사감실로요."

애리와 나는 눈을 동그랗게 뜨고 서로를 보았다. 뭔가 불길한

예감이 온몸을 스쳤다.

잠시 후 사감실로 가니 문이 열려 있어 리코 선생이 의자에 앉아 샤미센*을 뜯고 있는 모습이 보였다. 깐깐한 외모와는 달리 샤미센을 연주하는 모습만큼은 상냥한 일본 여인 그 자체였다.

사실 아직 우리는 리코 선생과 수업도 안 해 본 데다 기숙사 방침도 크게 달라진 것은 없어 그가 어떤 사람인지 전혀 모르고 있었다.

"부르셨어요, 선생님?"

우리가 인사하고 안으로 들어가자 리코 선생은 샤미센을 내려놓고 다짜고짜 물었다.

"그래, 민애리가 누구니?"

"전데요."

애리가 대답하자마자 종이쪽이 휙 날아와 우리 발치에 떨어졌다. 어깨와 가슴골이 드러나는 서양 드레스를 입고 빨간 장미꽃을 입에 문 금발 미녀가 야릇한 자세로 서 있는 그림엽서였다.

"너한테 온 거다. 이 소포들도. 웬 놈이 보낸 거니?"

리코 선생이 책상 위를 가리켰다. 마구 뜯긴 소포 상자 옆에 박가분**, 동동구리무***, 손거울, 속속곳 따위가 어지러이 널려 있었

---

* 샤미센: 일본의 대표적인 현악기.
** 박가분: 일제 강점기에 우리나라 사람이 만든 화장품.
*** 동동구리무: 옛날에 영양 크림 같은 화장품을 일컫던 말.

다. 애리는 그림엽서에 한 번, 소포에 한 번 눈길을 준 뒤에 차분히 되물었다.

"보낸 사람 이름 없나요?"

"없어. 네 이름만 있다고."

"그럼 모르죠. 발신인 이름이 있어도 알까 말까한데, 이름도 안 적힌 걸 제가 어떻게 알겠습니까?"

애리가 따박따박 대꾸하자 리코 선생이 버럭 성을 냈다.

"네 이름이 딱 박혀서 왔는데 몰라? 짐작 가는 놈 없어? 불온한 모임 같은 데서 만난 놈 아냐?"

"몰라요. 불온한 모임, 그런 건 알지도 못하고 하지도 않고요."

애리가 톡 쏘는 말투로 대꾸했다. 사실 애리는 워낙 미모가 뛰어나 모르는 남학생한테 이런 편지나 소포를 받는 게 한두 번이 아니었고, 그럴 때마다 난처해했다. 나는 정말 어이가 없었다. 이전의 사감 선생님은 애리를 비롯한 학우들이 이상한 편지나 소포를 받아도 이렇게 닦달하지 않았다. 그런데 리코 선생은 애리가 죄인인 양, 멋대로 윽박지르고 있다. 그걸로도 끝이 아니었다.

"기막혀라. 이런 망측한 걸 받고서도 큰소리를 치다니. 조선 여자들은 행실이 헤프다더니 딱 맞네. 오죽 색기를 흘리고 다녔으면 모르는 놈이 이런 것까지 보냈을까?"

분을 못 이기겠는지 리코 선생은 흉측스런 속속곳을 마구 흔들어 대기까지 했다. 애리도 더는 참지 못하고 소리쳤다.

"색기를 흘리다니요? 그게 학생한테 할 소리예요? 조선 여자들이 헤프다는 증거는 어디 있고요?"

리코 선생의 얼굴이 붉으락푸르락해졌다.

"이런 되바라진 것 좀 봐! 어디서 말대꾸야! 아무튼, 너 한 번만 더 이런 게 오면 당장 정학이니까 조심해!"

"정학이요? 제 잘못이 아닌데 왜 정학입니까?"

"망측한 엽서랑 소포 받는 것도 정학 감이지."

애리가 픽 웃었다.

"억지 그만 부리시지요. 아무 잘못 없는 제가 왜 정학을 당합니까? 이럴 거면 학칙은 왜 있는데요?"

"그렇다면 그런 줄 알아! 암튼, 너는 됐고. 너, 네가 신혜인이니?"

리코 선생이 이번엔 나를 지목했다.

"예, 맞습니다."

"이거 네가 쓴 거 맞지?"

리코 선생이 웬 공책을 펼쳐 든 채 물었다. 나는 내 눈을 의심했다. 리코 선생 손에 있는 공책은 내 일기장이고, 펼쳐진 부분에는 돈화문 앞에서 망곡을 하고 온 날 밤 쓴 시가 있었기 때문이다. 기숙사 방 책꽂이에 있어야 할 일기장이 리코 선생한테 있다니 정말 기가 막혔다.

"제 거 맞습니다. 근데 제 일기장을 왜 선생님이 갖고 있죠?"

"그건 알 것 없고. 넌 위대하신 천황 폐하께 바치는 시를 써도 모자랄 판에 어찌 이런 불온한 시를 쓰는 게냐?"

나는 너무 억울하고 어이가 없었다.

"아니, 왜 학생 일기장을 훔쳐다 봐요? 그것부터 잘못이잖아요. 게다가 불온한 시는 쓴 적도 없다고요!"

"훔쳐다 본 게 아니고, 가져다 본 거다. 기숙사 사감으로서 학생들 생활을 관리하기 위해서."

"그게 말이 돼요? 우리 방을 뒤졌잖아요. 남의 일기장을 보는 건 도둑질이라고요!"

내가 계속 따지자 리코 선생이 말을 돌렸다.

"아무튼, 중요한 건 네가 불온한 시를 썼다는 거다."

"불온하다니요? 저는 융희 황제께서 돌아가신 슬픔을 표현했을 뿐입니다. 시도 맘대로 못 써요?"

"뭐가 아니야! 내가 읽어 볼까? 나는 보았네. 그날 돈화문 앞에서. 황제 폐하의 승하를 슬퍼하는 흰옷의 물결을. 나는 들었네. 그날 돈화문 앞에서. 마지막 어버이, 하늘 가심을 슬퍼하는 울음소리를. 어이 하리, 우리 조선은. 아아! 어디로 가리, 우리 조선 사람은. 흥, 이 따위로 썼는데 불온하지 않다고? 아아, 너무 불온한데 어쩌리! 이 시는 내가 처리한다. 그리고 이번엔 봐주지만 앞으로 이런 불온한 글을 쓰면 가만 안 둘 테니 조심하도록. 가 봐."

리코 선생은 이러면서 내가 말릴 새조차 없이 시가 적힌 부분을 북 뜯어 찢어 버렸다.

"왜 제 일기장을 찢어요! 선생님이면 다예요?"

나는 놀라 종잇조각들을 주우려 했다. 하지만 리코 선생은 그마저도 발로 밟아 짓이겨 버리고 일기장을 내게 휙 던졌다.

"이건 가져가. 딴 데는 특별히 불온한 건 없더군."

"선생님이라고 이래도 돼요? 학생 일기장을 맘대로 훔쳐다 보고, 찢어 버리고? 기숙사 방도 막 뒤지고?"

목소리가 절로 덜덜 떨렸다. 리코 선생은 눈도 깜짝하지 않고 중얼거렸다.

"나는 기숙사 사감으로서 학생들의 생활을 관리해야 하는 책임이 있다. 불온한 생각을 하는 자가 있으면 바르게 계도하는 게 나의 책임이자 임무고……."

애리가 리코 선생의 말허리를 툭 잘랐다.

"됐거든요! 혜인아, 가자. 더 들을 것도 없어."

"그래."

우리는 서둘러 사감실을 빠져나왔다. 분해서 가슴이 부들부들 떨리고 피가 거꾸로 솟는 것 같았다. 애리가 먼저 입을 열었다.

"이게 무슨 경우니. 공책을 왜 몰래 훔쳐 가고, 맘대로 없애? 나한테 한 짓거리는 또 뭐고?"

"그러니까."

"리코 선생이 우리 뒷조사힌다는 소문이 있던데 사실인가 봐.

기숙사 방들을 다 뒤지고 다니나 봐."

"왜 학생들 방을 뒤져? 언제 뒤지는 거야, 대체?"

"우리가 교실로 수업하러 가서 방이 빌 때겠지. 근데 아까 속옷 들고 나한테 색기 운운할 때 표정 봤니? 진짜 내가 이상한 여자가 된 느낌이더라니까. 짜증 나."

"그러니깐. 그게 학생한테 할 소리냐고? 정말 못 돼먹은 선생이야."

무엇보다도 우리는 리코 선생이 이런 식으로 전교생을 압박할 거라는 데 걱정이 합쳐졌다. 그렇게 된다면 정말 큰일이다. 게다가 리코 선생이 내 일기장에서 시뿐 아니라 다른 글도 읽었을까 봐 그것도 염려스러웠다. 별별 얘기를 다 써 놓았는데…….

"혜인아, 우리 이제 방 단속 잘 해야겠다. 서랍 같은 것도 다 자물쇠로 채우던가."

"그래, 당장 자물쇠 사다가 잠가야겠어."

대답을 하면서도 너무 불안하고 찜찜했다. 망곡한 날 쓴 시가 흔적 없이 사라진 것도 속상한데 일기장에 쓴 글들을 리코 선생이 봤을 거라 생각하니…….

"암튼 요시다 학감이랑 리코 선생, 점점 본색을 드러내는 거 같아. 진짜 조심해야겠어. 어머, 그새 깜깜해졌네. 빨리 가자."

애리의 말에 복도 창밖을 보니 정말 사방이 깜깜했다. 빗줄기가 굵어졌는지 주룩주룩 빗소리도 요란했다.

검은 댕기 드리운 소녀여

기모노 만드는 법을 배울 거라는 소문이 퍼진 건 다음 날 아침이었다. 둘째 시간이 리코 선생의 재봉 시간이라 재봉실로 갈 준비를 하는데 급장이 정보를 물어 온 것이다. 앞으로 일본 요리하는 법도 배워야 한다는 소식까지 보태졌다.

학우들 의견은 세 갈래로 갈렸다. 기모노 재봉법과 일본 요리 배우는 걸 환영하는 파, 조선 여학생한테 웬 일본 옷과 일본 요리를 배우게 하냐며 반대하는 파, 이래도 좋고 저래도 좋다며 아무 생각 없는 파.

나하고 애리, 금선은 반대파였다. 기모노 입을 일도 없고, 일본 음식도 좋아하지 않는데 왜 그런 걸 배운담? 간밤에 리코 선생한테 당했던 모욕이 떠오르자 반감은 더 커졌다. 아무튼, 우리는 책상 서랍에서 검정 광목 옷감을 챙겨 재봉실로 갔다. 이전 재봉 선생님에게서 조선 통치마 재봉법을 배우던 중이었기 때문이다. 재봉실로 가면서 우리는 전략을 짰다. 만약 리코 선생이 기모노 재봉법 교육을 고집한다면 가만히 있지 않기로, 어제 당한 수모를 그렇게라도 보복하기로. 다만 금선은 빼고 애리와 내가 앞장서기로 했다. 금선은 은명여고보를 마친 후 그림 공부를 하러 일본 유학을 갈 준비를 하고 있기 때문이었다. 일본을 싫어하면서도 일본으로 유학 가려는 것이 좀 이해는 안 됐지만 어쨌든 그랬다.

재봉실에 도착해 자리에 앉자 곧 리코 선생이 들어왔다. 줄곧 양장 차림이었던 것과는 달리 꽃무늬가 있는 붉은 기모노 차림에 게다를 신고, 손에는 알록달록한 옷감과 『일본 양재봉 강의』라는 책을 들고 있었다. 한 갈래로 묶었던 머리도 위로 틀어 올려 일본 비녀인 칸자시를 꽂은 모습이었다. 소문대로 수업이 진행될 낌새여서 나는 각오를 단단히 다졌다. 급장의 구령에 맞춰 인사를 하고 나자 리코 선생이 말했다.

"오늘부터는 재봉 시간에 기모노 재봉법을 배우겠다. 다음 시간까지 이 책을 준비하도록!"

이때다 싶어 나는 손을 번쩍 들고 일어났다.

"저희는 조선 통치마 재봉법을 배우고 싶은데요. 이전 선생님이 갑자기 그만두셔서 통치마 재봉법을 배우다가 중단됐거든요."

리코 선생이 나를 날카롭게 쏘아보았다.

"너, 어제 사감실에 불려 왔던 애 맞지? 이름이 뭐였더라?"

"신혜인입니다."

"그래, 신혜인. 지금 반항하는 건가?"

"아닌데요. 배우던 걸 이어서 배우고 싶다고 말씀드린 것뿐인데요?"

"수업 내용은 선생이 정한다. 주제넘게 수업 내용에 대해 이러쿵저러쿵하지 마라."

리코 선생이 단호하게 말했지만 나도 물러서지는 않았다.

"우리 학교는 황귀비*님이 세우신 조선 학교이자 조선 여학생만 다니는 학교입니다. 교복도 조선옷이고요. 입지도 않을 기모노 재봉법을 왜 배워야 하는지요?"

애리도 일어나 나를 거들었다.

"신혜인 말이 맞습니다. 조선 통치마 재봉법 가르쳐 주세요."

금선을 비롯해 다른 학우 여러 명도 한목소리로 외쳤다. 당황해하는 표정도 잠시, 리코 선생이 우리를 싸잡아 비난했다.

"이것들 참 불온하네. 너희가 뭔데 선생한테 수업 내용을 바꿔라 마라 해? 민애리, 넌 색기 질질 흘리고 다녀서 사내놈한테 망측한 속옷 선물이나 받는 아이! 신혜인, 넌 불온한 시 끼적거리는 불령선인! 너희 둘이서 수업 거부 주동한 거지?"

---

* 황귀비: 고종의 후궁이었던 '엄귀비'에 해당하는 가상의 인물. 이 소설의 모티브가 된 사건이 1927년 벌어졌던 숙명여고보 동맹 휴학 사태이고, 숙명여고보는 엄귀비가 세운 학교였기에 이에 빗대 은명여고보를 '황귀비'가 세운 것으로 설정하였다.

"속곳 얘기가 왜 나와요? 그거 다 저하고 상관없다고 했잖아요. 아무도 주동 안 했어요. 선생님이 쓸데도 없는 기모노 재봉법을 배우라고 하니까 이러는 거죠!"

애리가 대들자 리코 선생이 교탁을 탕탕 치며 목소리를 높였다.

"닥쳐! 모두 똑똑히 알아 둬라! 너희는 조선 백성이 아니다. 위대하신 천황 폐하가 다스리는 대일본제국의 황국 신민이다. 따라서 대일본제국의 가정을 올바르게 일구어 갈 충량한 황국 부인이 되어야 하는 바, 기모노 재봉법을 익히는 것은 마땅하고 당연한 일이다! 알겠나?"

나는 속이 부글부글 끓었다. 하지만 애리와 학우들에게 눈을 끔뻑끔뻑하며 그만하자는 신호를 보냈다. 리코 선생이 너무 흥분한 것 같았기 때문이다. 재봉실은 쥐 죽은 듯 조용해졌고 무거운 침묵에 숨이 막힐 듯한 시간이 흘러갔다.

조금 뒤, 리코 선생이 흑판 한쪽에 '기모노 부분 명칭도'를 걸어 늘어뜨렸다. 그러곤 아무 일도 없었다는 듯 태연하게 그림의 각 부분을 지휘봉으로 가리키며 수업을 이어 갔다.

"자, 기모노 각 부분 명칭부터 알아보자. 여기 앞쪽 옷깃에서 이 끝까지 길게 이어지는 부분을 오쿠미라고 한다. 그리고 이건……."

리코 선생이 명칭에 이어 기모노 재단법을 설명하기 시작했다. 그러건 말건 나는 창밖만 보았다. 기모노에 대해 전혀 알고 싶지 않았기 때문이다. 그런데 갑자기 또각또각 게다 소리가 나더니 고개를 돌릴 틈도 없이 짝, 하면서 뺨에 불이 났다.

"뭐하는 거지? 선생이 열심히 가르치는데 창밖 구경을 해?"

리코 선생이 사납게 말하면서 책상 위에 있던 검정 광목을 북 찢어 버렸다.

"왜 이래요! 왜 따귀를 때려요?"

나는 뺨을 감싸 쥐며 소리쳤다. 하지만 리코 선생은 살기등등한 눈초리로 내 이마를 손가락으로 쿡쿡 눌러 대며 악을 썼다.

"기모노를 배우라고, 기모노를! 조선은 망했고 조선옷도 없어진다고! 까불지 말고 내 수업 시간엔 내 수업을 따르라고!"

리코 선생은 바락바락 소리친 후 학우들을 매섭게 노려보고는 재봉실을 나가 버렸다. 금선이 득달같이 와서 나를 위로했다.

"아이고. 괜찮니? 볼 빨개진 거 봐. 저 선생 왜 저런다니!"

몸이 부르르 떨리고 눈물이 핑 돌았다. 어머니한테도 종아리는 맞았을지언정 따귀를 맞은 적은 없는데 어찌 리코 선생 따위한테! 기분이 너무너무 더럽고 비참하기까지 했다.

애리와 나는 삽시간에 교내 유명 인사가 됐다. 소문의 진원지는 리코 선생이었다. 사감실에 불려갔던 일, 재봉 시간에 있었던 일을 문제 삼아 점심시간에 긴급 교무 회의를 제안해 난리를 피웠고, 때마침 교무실 정리를 하러 갔던 학우들이 회의 광경을 목격하면서 소문이 꼬리에 꼬리를 물고 번진 것이다.

전해 들은 말에 따르면 리코 선생은 내가 사상이 불온하고 애리는 행실이 난잡한 학생이라서 최소한 정학을 시켜야 한다고 우겼고, 동렬 선생님과 은봉 선생님은 우리를 강하게 두둔했다고 한다. 조선 여학생들이 기모노 재봉법을 왜 배워야 하나, 신혜인 일기장을 리코 선생이 찢어발긴 마당에 불온 시라는 증거는 없다, 무엇보다도 리코 선생이 신혜인 일기장을 훔쳐 간 것 자체가 문제다, 아울러 모르는 남학생한테 이상한 엽서와 소포를 받은 것은 민애리 잘못이 아니라는 등. 하지만 소문은 거기까지여서 교무 회의 결론이 어떻게 났는지는 알 수 없었다.

그러는 사이 조선어 시간이 되었건만 십 분이 지나도록 은봉 선생님이 나타나지 않았다. 무슨 일인지 알아보겠다며 급장이 교실 문턱을 나서는데, 동렬 선생님이 들어왔다. 신문을 돌돌 말아 쥔 선생님은 교탁 앞에 서더니 굳은 표정으로 말했다.

"내가 나은봉 선생님 대신 들어왔다. 나 선생님이 조금 전 종로서에 연행되셨다."

"네에? 왜요?

"무슨 일이에요?"

학우들이 놀라 묻자 동렬 선생님은 손에 쥔 신문을 흔들어 보였다.

"신문에 나 선생님이 쓴 시가 실렸는데, 그걸 총독부에서 불온 시라고 찍었다는구나. 융희 황제께서 승하하신 걸 애도하는 시인데 말이다. 너희가 지금 어떤 세상에 살고 있는지 알려 주려고 신문을 갖고 왔다. 시 제목은 '통곡(痛哭) 속에서'다. 읽어 줄 테니 들어 보렴."

선생님이 찬찬히 시를 읽어 내려갔다.

통곡痛哭 속에서

큰길에 넘치는 백의의 물결 속에서 울음소리 일어난다.
총검이 번득이고 군병의 발굽소리 소란한 곳에
분격한 무리는 몰리며 짓밟히며
땅에 엎디어 마지막 비명을 지른다.
땅을 두드리며 또 하늘을 우러러
외치는 소리 느껴 우는 소리 구소九霄에 사무친다.

검은 댕기 드린 소녀여,
눈송이같이 소복 입은 소년이여,
그 무엇이 너희의 작은 가슴을
안타깝게도 설움에 떨게 하더냐.
그 뉘라서 저다지도 뜨거운 눈물을
어여쁜 너희의 두 눈으로 짜내라 하더냐?

가지마다 신록의 아지랑이가 피어오르고

종달새 시내를 따르는 즐거운 봄날에

어찌하여 너희는 벌써 기쁨의 노래를 잊어 버렸는가?

천진한 너희의 행복마저 차마 어떤 사람이 빼앗아 가던가?*

창덕궁 돈화문 앞에서 망곡했던 날, 그날의 슬픔이 고스란히 되살아나는 것만 같아 가슴이 아려 왔다. 저렇게 근사한 시를 쓰다니 역시 은봉 선생님이구나, 하는 생각도 들었다.

"어떤가. 그대들은 이 시가 불온하다고 생각하나?"

선생님의 물음에 학우들이 소리쳐 대답했다.

"아닙니다, 절대로 아니에요!"

"불온하다는 게 뭔데요! 어디가 불온한데요!"

"그들의 눈으로 볼 때는 온당하지 않다는 뜻이지. 총검, 군병의 말굽 소리, 기쁨의 노래를 잊어 버렸네, 행복을 빼앗아 갔네, 이런 낱말들, 이런 글귀가 불온하다는구나……."

동렬 선생님은 창가 쪽으로 걸어가다 우뚝 멈추더니 잠시 창밖을 멍하니 보았다. 하지만 곧 몸을 돌리고 힘주어 말했다.

"이 시가 어째서 불온한가. 진실을 노래했고, 군주를 잃은 슬픔

---

* 심훈(1901-1936)이 1926년 4월 29일 융희 황제의 국장 중인 돈화문에서 낭독했던 「통곡(痛哭) 속에서」의 일부를 소설 속 인물인 나은봉 선생이 발표한 작품으로 허구화시켰다. 『독립운동 100주년 시집』(한용운 외 5인, 스타북스, 2019)에 실린 것을 바탕으로 인용하였다.

을 노래했을 뿐이다. 그런데도 이런 시를 쓴 선생을 잡아가는 세상에 그대들은 살고 있는 것이다."

나는 너무 걱정이 되었다.

"나은봉 선생님 괜찮으실까요? 종로서가 험하다던데요."

"그렇긴 하지. 그래도 그저 한번 겁주려고 그런 걸 게야. 시 한 편 갖고 별일 있겠니."

"제발 그랬으면 좋겠어요. 근데 선생님, 저하고 애리는……."

나는 교무 회의에서 우리 둘 얘기가 어떻게 결론 났는지 여쭤보려다 말고 멈칫했다. 개인적인 얘기를 수업 시간에 하는 것 같았기 때문이다. 그런데 동렬 선생님이 눈치를 챈 듯 말했다.

"아, 참, 교무 회의에서 혜인이하고 애리 얘기가 나왔는데 결과가 안 좋구나. 그래도 모두 알아야 할 것 같아 말하마. 애리는 어찌어찌 넘어갔는데, 혜인이는 내일부터 일주일 동안 정학을 맞았어. 나 선생님하고 내가 강하게 항의했지만 잘 안 됐다. 이번 시간 끝나고부터는 수업 못 듣게 됐어."

정말 어이가 없었다.

"정학이라고요? 제가 뭘 잘못했는데요?"

애리도 한마디 했다.

"말도 안 돼요. 잘못한 건 리코 선생님인데 왜 혜인이가 정학이에요? 그리고 왜 저는 빼고 혜인이만 정학이고요?"

동렬 선생님이 난처한 표정을 지었다.

"면목이 없구나. 리코 선생이 길길이 날뛰는 데다 요새 학교 일을 요시다 학감이 꽉 잡고 있다 보니 교장 선생님도 못 막으셨어."

너무 속상했지만 동렬 선생님이 무슨 잘못이 있나 싶어 더는 뭐라 할 수 없었다.

'내가 왜 정학이야? 왜 나만 정학이야? 애리는 아버지 덕에 정학을 면했나 보네……'

애리를 시샘해서가 아니었다. 나와는 달리 힘센 아버지를 둔 애리가 문득 부러웠을 뿐. 애리 아버지는 일본으로부터 남작 작위를 받은 은행장이면서 우리 학교 육성회장이기도 하다. 학교에 몇 차례 오셨을 때 나도 인사한 적이 있는데, 그때마다 애리를 대하는 모습이 무척 다정해 보였다. 교장 선생님을 비롯한 선생님들도 얼마나 굽실거리던지, 학부모가 아니라 마치 윗사람을 대하는 것 같았다.

수업이 시작됐지만, 나는 그저 고개를 푹 숙이고 있었다. 정학을 당한 것도 어이없고 이 사실을 어머니가 알게 될까 봐 걱정돼 아무것도 귀에 들어오지 않았다.

잠시 후 수업이 끝나자 선생님이 교실을 나가며 나를 불러냈다. 복도로 가니 선생님이 다정한 말투로 말했다.

"혜인아, 못 지켜 줘서 미안하다. 억울한 마음 알고도 남는다. 조금 견뎌 보자, 응?"

"네……"

대답을 하는데 참았던 눈물이 훅 솟았다. 선생님이 내 어깨를 툭 쳤다.

"이 녀석. 강한 녀석인 줄 알았는데 아니네. 이렇게 약해 빠지면 쓰냐? 너 명랑 쾌활하고 씩씩한 거 선생님이 좋아했는데? 신혜인 답게 맘을 굳게! 알겠지?"

나는 고개를 끄덕이며 소매 끝으로 얼른 눈물을 훔쳤다. 존경하는 선생님 앞에서 눈물 따위 보이기 싫었다.

"기숙사에는 있어도 돼. 수업에만 못 들어오는 거니까. 혜인이는 책을 좋아하니까 이참에 책이나 실컷 읽으면서 마음 단련을 하렴. 필요하면 내 책도 빌려줄 테니 언제든지 말하고. 알겠지?"

"네, 알겠습니다."

"힘내! 정학 당한 거 학생기록부에는 안 남게끔 애써 볼 거니까 그건 걱정 말고. 부당하게 당한 정학이니까 꼭 그리될 거다."

선생님은 내 어깨를 또 한 번 툭 쳐 주곤 교무실 쪽으로 갔다. 그나마 기운이 났다.

'불행 중 다행이네. 기숙사에 있어도 되고, 학생기록부에는 기록이 안 남게 해 주신다니……. 기숙사에서 쫓겨나면 집에 가야 하고, 그럼 어머니가 알게 될까 봐 걱정했는데……. 그래, 일주일 잘 견뎌 보자. 신혜인, 기죽지 말자.'

굳게 마음을 다잡은 후 교실로 들어가 책보를 챙겼다. 당장 다음 시간부터는 수업을 들을 수 없으니까. 그러고서 교실을 나서는데 애리와 금선이 따라 나오며 걱정을 늘어놓았다.

"혜인아, 어떡해. 내가 미안해."

"기숙사에서 낮잠도 자고 좀 쉬고 있어. 책이나 실컷 읽고."

동무들 마음이 불편할 게 뻔해 나는 일부러 씩씩하게 대꾸했다.

"괜찮아. 공부하기 싫었는데 잘됐지 뭐. 그리고 애리야, 네가 왜 미안한데? 그런 생각 절대 하지 마. 그럼 나 간다. 수업 끝나면 빨리 오기나 해!"

이러고선 종종걸음으로 복도를 빠져나왔다. 동무들 앞에서는 괜찮은 척했지만, 마음이 영 좋지 않았다.

두 눈에 호롱불을 켜고

정학 조치를 받은 지도 벌써 사흘째가 되었다. 오전에는 그럭저럭 견딜 만한데 오후 시간은 너무 무료하게 흘러갔다. 그래도 어느덧 해가 기울어 창밖 하늘이 노을로 물들기 시작했다.

바람도 쐬고 동무들도 기다릴 겸 기숙사를 나와 언덕으로 갔다. 기숙사에서 교실 쪽으로 가려면 거쳐 가야 하는 곳이다. 봄이 한창인 언덕엔 철쭉과 함박꽃, 찔레꽃 같은 봄꽃들이 피어 화사한 꽃대궐을 이루고 있었다.

언덕배기 바위에 앉아 하교 시간이 되기를 기다리고 있을 때였다. 하학종이 울리고 얼마쯤 지나자 학우들이 언덕길로 올라오기 시작했다. 금선이랑 애리도 오는지 보려고 바위에서 일어서는데 맨 앞에 오는 몇몇의 말소리가 내게까지 들려왔다.

"정학 당했다는 2학년 신혜인 알지?"

"리코 선생한테 대들었다는 그 애?"

"응. 근데 걔 어머니가 기생 출신이래. 명월관 기생."

나는 너무 놀라 얼른 등을 돌렸다. 상급생 언니들로 보이는 그들은 나를 지나치며 이야기를 계속했다.

"아까 교무실 갔을 때 선생님들이 회의 중이었는데 리코 선생이 신혜인 어머니가 퇴기니 뭐니 하면서 퇴학시켜야 한다고 하더라니깐. 근본도 천하고 사상이 불온한 애라면서."

"정말? 우리 학교는 황귀비님이 세운 학교라 그런 애는 못 들어오잖아. 어머니가 기생 출신인데 어떻게 입학했대?"

"예전에나 입학 조건이 까다로웠지 지금은 안 그래. 개나 소나 다 들어와."

이야기를 듣는 동안 심장이 터질 것 같고 온몸이 부들부들 떨렸다.

'내가 일기장에 쓴 걸 리코 선생이 읽고 흘렸구나. 못된 인간 같으니……'

언덕에서 기숙사 방까지 정신없이 뛰어와 서랍 깊숙이 넣어 두었던 일기장을 꺼내 펼쳤다. 어머니 얘기는 일기장 거의 끝부분, 최근의 일기에 적혀 있었다. 리코 선생이 이 부분을 봤을 거라 생각하니 분노가 치밀어 올랐다.

마음을 가라앉히려 일기장을 다시 서랍에 넣어 두고 창가로 갔다. 마당 한가운데에 붉은 모란 두 그루가 꽃망울을 활짝 터뜨리고 있었다.

'우리 집 마당에도 모란이 피었겠네. 곱다. 어머니가 모란꽃 좋아하는데.'

눈물이 저절로 툭 굴러 떨어졌다. 하필 그때 음전 언니와 애리, 금선이 한꺼번에 방으로 들어왔다. 얼른 눈물을 닦았지만 한발 늦고 말았다. 애리가 놀라 물었다.

"울었니? 어떡해."

셋은 나를 겹겹이 끌어안았다. 나는 그 품에서 펑펑 울어 버렸고, 셋은 내가 맘껏 울도록 내버려 두었다. 잠시 후 나는 품에서 나와 울먹울먹 말했다.

"다 알고 있죠? 우리 어머니 얘기……."

셋은 말없이 고개를 끄덕였다.

"리코 선생이 어머니 얘기를 흘린 게 너무 분해요. 제 개인사를, 가정사를, 막 훔쳐 읽고 퍼뜨렸잖아요. 도둑년이 따로 없어."

"그래, 마쓰이 리코 그 여자는 선생도 아냐."

"맞아. 선생도 아니고 인간도 아냐."

언니와 동무들은 나만큼이나 분노했다. 다들 내 마음을 알아주니 조금은 분이 풀렸다. 용기도 불쑥 샘솟았다. 그래서 나는 아까 언덕에서 뛰어내려올 때 결심한 것을 말해 버렸다.

"저, 리코 선생한테 따질래요. 그냥 넘어갈 순 없어요."

음전 언니가 손을 내저었다.

"안 돼. 그러다가 너만 더 다쳐."

"아녜요. 전 더 다칠 것도 잃을 것도 없어요. 잃을 게 없는 사람은 무서울 게 없다잖아요? 지킬 게 없는데 뭐가 무서워요?"

음전 언니가 조심스레 내 손을 잡았다.

"혜인아, 그러지 말고 우리 다 같이 맹휴를 하자. 안 그래도 지금 상급생들이 맹휴를 하자며 잔뜩 벼르고들 있어. 아까 점심시간에 구체적으로 많은 얘기들을 했어."

"네, 맹휴요? 동맹 휴학이요?"

"그래. 오늘 오전 상급반에서도 리코 선생이 어떤 애를 불온 학생이라면서 닦달하고 난리쳤거든. 진짜 모범생인 앤데 말이지. 요시다 학감도 조선인 비하하는 말짓거리 잔뜩 늘어놓고 우리더러 일본인과 혼인하라고 맨날 헛소리하고……. 그래서 더 이상은 못 참겠다고 다들 뜻을 모은 거야."

리코 선생을 향한 반감은 깊지만 맹휴까지 생각해 본 적은 없었다. 나는 고개를 저었다.

"전 못 해요. 맹휴는 너무 거창해요. 교장 선생님도 하지 말라고 했잖아요."

"교장 선생님이야 당연히 못 하게 하지. 학생들이 맹휴하면 골치 아플 텐데 권장하겠니?"

"그렇긴 하죠……."

"일본식 교육에 맞서 학생들이 들고일어난 학교가 지금 한둘이 아니야. 조선 팔도에 맹휴의 불길이 훨훨 번져 가고 있다고. 우리도 맹휴 안 하면 계속 리코 선생하고 요시다 학감한테 당할 텐데, 보고만 있을 순 없어."

음전 언니가 설명을 하는 중에 미자 언니도 들어와 거들었다.

"맞아. 더구나 우리 학교는 황귀비님이 세운 조선 여학교잖아. 더더욱 일본식 교육을 해서는 안 된다고. 게다가 학교가 우리를 일본인하고 혼인시키는 결혼 중개소니? 요시다 학감이 입만 열면 일본인하고 혼인하라잖아. 우리 전부 울화통 치밀어서 사망 직전이야."

이번엔 다시 음전 언니가 말했다.

"그뿐 아냐. 요시다 학감이랑 리코 선생 뒤에도 일본인 선생님이 둘이나 들어왔잖아. 앞으로 일본인 선생님이 더 들어온다는 얘기도 있어. 나은봉 선생님이랑 류동렬 선생님이 쫓겨날 거라고도 하고."

나는 깜짝 놀랐다. 은봉 선생님이 종로서에 연행됐다가 금방 돌아와서 더는 걱정하지 않았는데 이런 소문까지 나돌다니.

"아니, 두 분은 우리한테 제일 인기 있는 선생님인데 왜요?"

"왜겠니. 두 분이 늘 우리 입장을 대변하고, 민족정신 불어넣는 교육 하시잖아. 그러니 요시다 학감한테는 눈엣가시 아니겠니?"

"그래, 그러니까 맞서야 해. 가만히 있으면 우리가 아끼고 사랑하는 학교가 지옥이 될 수도 있어. 리코 선생과 요시다 학감을 몰아내고 우리가 원하는 조선식 교육을 하라고 요구해야 해."

두 언니들의 설명을 듣고 나니 망설일 이유가 없었다. 나야말로 요시다 학감과 리코 선생의 가장 큰 피해자이니까.

"알겠어요. 저도 맹휴할래요."

내가 분연히 말하자 음전 언니가 고개를 끄덕였다.

"그럴 줄 알았어, 신혜인. 그래, 우리 힘을 합해 보자."

그런데 애리가 불쑥 나섰다.

"저도 할래요. 저도 맹휴 끼워 주세요."

"너는 안 돼. 육성회장님 딸래미가 어디를 낄라고. 비밀이나 지켜 주면 고맙겠다."

"그래, 넌 빠져."

언니들이 말려도 애리는 막무가내였다. 할 수 없이 언니들은 애리의 맹휴 동참을 허락했다. 그때 금선이 쭈뼛쭈뼛 입을 열었다.

"저는 생각은 같지만 동참하기가…… 죄송해요……."

"아이고, 너는 한다고 해도 말릴 참이여. 관비 유학생 돼서 동경 가야 하는 몸인데 맹휴하면 총독부에서 뽑아 주겠니? 우리가 열심히 할 테니 마음으로 응원해 줘."

"미자 말이 맞아. 전교생이 다 맹휴할 필요는 없어. 다 이해하니까 걱정 마. 근데 귀남이 너는? 할 거지?"

음전 언니가 재촉했지만 귀남은 고개를 저었다.

"아뇨, 저는 빼 주세요. 전 상황에 순응해서 사는 게 인생철학이에요."

"개똥철학자 나셨네. 서운하긴 하지만 사정대로 해야지 어쩌겠니? 대신 너, 선생님들한테 우리 소식 막 알려 주고 그럼 안 된다. 첩자처럼!"

"언니! 나를 뭘로 보고!"

귀남이 펄쩍 뛰자 미자 언니가 급히 수긍했다.

"알겠어, 알겠어. 그래, 내가 말실수했다. 취소!"

이렇게 상황을 정리하고 나자 곧 저녁이 되었다. 음전 언니와 미자 언니는 저녁을 먹은 후 상급반 언니들과 다시 이야기를 나누고 와서 소식을 전했다. 지체할 것 없이 당장 맹휴에 돌입하기로 결정했다는 소식이었다.

우리는 우선 동맹 휴학 결의문부터 만들기로 했다. 결의문 문구는 음전 언니와 미자 언니가 상급반 언니들과 작성해 온 것을 내가 좀 더 손을 보았다. 다만, 전교생에게 돌릴 결의문은 일일이 손으로 쓸 수 없으니까 리코 선생이 취침한 시간에 몰래 학교 등사실로 가서 등사*하기로 했다. 음전 언니네 집이 등사소를 해서 언니가 등사기를 만질 줄 알기 때문이다.

이렇게 일사천리로 착착 계획을 세우고 있는데 복도에서 불을 끄라는 예비 종이 요란스레 울렸다. 리코 선생이 휘리릭휘리릭

---

* 등사: 등사기를 이용해 글이나 그림을 여러 장 찍어 내는 것.

호루라기를 불며 돌아다니는 소리도 들렸다.

　모두 후닥닥 이불을 펴고 불을 끈 다음 자리에 누웠다. 조금 뒤 방문 바로 앞에서 발소리가 들리더니 금세 멀어져 갔다. 이어 곧 소등 종이 울렸고 기숙사는 깜깜한 어둠에 잠겨 버렸다.

　"자면 안 돼. 조금 있다가 등사실 갈 거니까 눈 또랑또랑 뜨고 있어."

　음전 언니가 이불을 들추고 소곤거리자 미자 언니가 대답했다.

　"걱정 마요, 언니. 눈에 호롱불 단단히 켰어요."

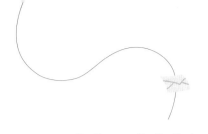

당하고 있지만은 않아

등사실 호롱불이 자꾸 깜빡거렸다. 기름이 다 떨어져 가는 것 같았다. 창밖은 어느새 희붐하게 밝아 오고 있었다.

미자 언니가 창밖을 살피더니 음전 언니를 재촉했다.

"언니, 서둘러요. 벌써 동트네요."

"다 됐어. 이제 밀기만 하면 돼."

결의문 등사 원지를 등사기 틀에 끼우며 음전 언니가 대답했다. 딱히 도울 일이 없어 지켜만 보던 나는 초조하기만 했다. 혹시라도 리코 선생이 들이닥칠까 봐서.

등사지가 등사기 틀에 꽉 끼워지자 음전 언니가 롤러에 검은 잉크를 묻혀 쭉쭉 밀기 시작했다. 그러자 동맹 휴학 결의문이 종이에 줄줄이 등사돼 나왔다. 음전 언니가 그중 한 장을 집어 들고 찬찬히 보더니 탄성을 질렀다.

"됐다. 이만하면 훌륭해."

"정말? 나도 볼래요."

"나도, 나도!"

미자 언니와 나, 애리도 방금 등사된 결의문을 들고 함께 살펴보았다. 내용이야 두말할 것 없고 등사 상태도 좋아 가슴이 뿌듯했다.

우리는 일손을 서둘러 전교생에게 돌릴 결의문을 넉넉히 등사했다. 그런 다음 나하고 애리는 등사실과 등사기를 정리하고, 음전 언니와 미자 언니는 맹휴 결의문을 차곡차곡 챙겼다. 그렇게 자취를 말끔히 지우고서 등사실을 빠져나왔다.

기숙사 안은 아직 조용했다. 복도 벽에 걸린 괘종시계를 보니 기상 시간이 삼십 분이나 더 남아 있었다. 우리는 기숙사 안을 빠르게 돌며 방문 틈마다 결의문 한 장씩을 깊숙이 밀어 넣었다. 리코 선생 방은 학생들 방과는 떨어져 있어서 들킬 염려는 없었다.

그러고선 부랴부랴 우리 방으로 왔다. 귀남은 아직 한밤중인 듯 자고 있었지만 금선은 벌써 일어났는지 머리를 땋고 있다가 우리를 보자마자 걱정스레 물었다.

"결의문 잘 만들어서 무사히 뿌리고 왔어요?"

"응, 잘될 거야. 오늘 날씨가 맑아 좋네. 비라도 오면 계획이 다 틀어질 텐데."

미자 언니가 대답하는데 때마침 댕댕댕 기상 종 치는 소리가 들려왔다.

조금 뒤 등교 시간이 되었다. 동맹 휴학을 결의할 시간도 더불어 다가왔다. 음전 언니와 미자 언니, 나하고 애리는 책보를 챙겨 들고 기숙사를 나섰다. 금선과 귀남도 함께였다.

아침 공기는 오월 초순답게 상큼하고, 햇살도 우리를 응원하는 듯 유난히 눈부셨다. 기숙사에서 교실 쪽으로 가는 언덕길을 다 내려가자 삼삼오오 걸어가는 학우들이 보였다. 수업을 들으러 가는 건지, 맹휴를 하러 가는 건지는 알 수 없었다. 수업을 하러 가려면 교실로 가야 하고, 맹휴를 결의하러 운동장으로 가려면 교실 옆의 조붓한 길을 지나야 하기 때문이었다.

교실 가까이 다다랐을 때, 운동장 쪽에서 웅성웅성 소리가 들렸다. 그러자 음전 언니가 급히 말했다.

"금선아, 귀남아, 너희는 교실로 가. 우린 운동장으로 갈 테니."

금선이 주먹을 불끈 쥐어 보였다.

"예, 언니! 교실에서 응원할게요! 혜인아, 애리야, 잘하고 와!"

그 말을 뒤로하고 우리는 후다닥 운동장으로 뛰어갔다.

운동장에는 벌써 꽤 많은 학우들이 모여 있었다. 그 모습을 보자 가슴이 벅차올랐다. 두 언니도 감격한 듯 들뜬 목소리로 외쳤다.

"우와! 벌써 많이 모였네!"

"그러게요, 맹휴 동참자가 이렇게 많다니! 우리 생각이 맞았네요!"

간밤에 결의문 글귀를 짜며 맹휴 시간을 논의할 때, 나하고 애리는 점심시간에 시작하는 게 좋겠다고 했다. 아침 일찍 기숙사 방마다 먼저 맹휴 결의문을 돌린 뒤, 수업 시간에 학년별, 반별로 의기투합해 운동장에 모이는 게 더 나을 것 같았기 때문이다.

음전 언니와 미자 언니는 달랐다. 괜히 뜸을 들이면 정보가 새나가 맹휴를 시작도 못 해 보고 통제당할 수 있다는 게 언니들 생각이었다. 결국 등교와 함께 최대한 빨리 맹휴를 시작하는 걸로 뜻을 모았다. 동참하는 숫자가 적을지라도 일단 시작하고 보는 게 중요하다고 판단한 것이었다.

시간이 지날수록 운동장은 더 많은 학우들로 메워졌다. 요시다 학감과 리코 선생의 횡포에 공감하는 학우들이 많은 것 같았다. 처음에는 기숙사에서 생활하는 사생들이 대부분이었지만 나중엔 통학하는 학우들까지 속속 모여들었다. 통학생들이 들어설 때마다 사생들이 교문으로 뛰어가 결의문을 보여 주고 설명한 덕분이었다.

학우들이 제법 모이자 상급반 언니들이 학년별로 줄을 세웠다. 다들 착착 빠르게 움직여서 금세 반듯반듯 줄이 맞춰졌다.

이윽고 상급반 언니들이 연단 위로 올라갔다. 애리와 나도 따라 올라갔다. 음전 언니가 맨 앞에 서서 동맹 휴학 결의문을 당찬 목소리로 읽기 시작했다.

"동맹 휴학 결의문. 우리 은명여자고등보통학교 학생들은 그동안 요시다 학감 선생과 리코 선생으로부터 부당한 대우와 함께 일본식 교육을 강요 받아 온 바……."

한 문장 한 문장 듣고 있으려니 가슴이 벅차오르고 심장이 쿵쿵 뛰었다.

"이에 우리 은명여고보 학생들은 여섯 가지 사항을 요구하는 바, 학교 측이 이 조건을 들어주기 전까지는 무기한 동맹 휴학 할 것을 선포합니다!"

음전 언니가 마지막 부분까지 읽고는 주먹 쥔 손을 위아래로 흔들며 선창을 했다.

"하나, 조선인을 폄하하는 요시다 학감과 리코 선생은 즉각 퇴진하라, 퇴진하라!"

연단 위와 운동장에 서 있던 학우들도 주먹 쥔 손을 흔들며 따라 외쳤다.

"퇴진하라, 퇴진하라!"

다시 음전 언니가 결의문 조항을 읽었다.

"하나, 학교는 일본식 교육을 즉각 중단하고, 조선식 교육을 실시하라, 실시하라……."

바로 그때 삐액, 삐액 귀청을 찢는 듯한 호루라기 소리와 함께 확성기 소리가 들려왔다.

"교실로 돌아가라, 모두 교실로 돌아가라!"

리코 선생이 확성기에 대고 소리치며 뛰어오고 있었다. 조선인 소사 아저씨도 삽을 든 채 뒤따라왔다. 음전 언니는 잠깐 멈칫하더니 더 크게 소리쳤다.

"하나, 학교는 일본식 교육을 즉각 중단하고, 조선식 교육을 실시하라, 실시하라!"

학우들도 한목소리로 외쳤다.

"실시하라, 실시하라!"

그런데 연단을 향해 달려오던 리코 선생이 허둥지둥하더니 교문 쪽으로 방향을 틀었다. 요시다 학감과 교무 주임, 교장 선생님이 교문으로 나란히 들어서고 있었다. 요시다 학감이 리코 선생에게서 확성기를 낚아채더니 우렁우렁 외쳤다.

"동맹 휴학은 학칙 위반이다! 즉시 맹휴를 중단하고 교실로 들어가라! 수업을 거부하는 자는 모두 퇴학 시킨다. 다시 한번 말한다, 즉시 맹휴를 중단하고 교실로……."

운동장에 도열한 학우들은 꼼짝하지 않았다. 연단에 있던 우리는 계단을 내려가 학우들과 합류했다.

"자! 통학생은 교문으로, 사생들은 기숙사로!"

"그래, 얼른 얼른!"

상급반 언니들의 안내에 따라 우리는 두 패로 나뉘어 교문과 기숙사로 향했다. 맹휴를 결의한 다음 수업을 거부하고 통학생은 집으로, 사생들은 기숙사로 가기로 계획했던 것이다. 그러나 교무 주임과 일본인 선생 몇몇이 교문을 닫고 우리 앞을 가로막았다. 기숙사로 가는 길도 다른 선생님들이 나와 막아 버렸다.

"교문 열어요! 우린 수업 안 한다고요!"

"기숙사 쪽도 비켜요! 기숙사로 갈 거라고요!"

우리가 소리치자 요시다 학감이 다시 확성기를 들었다.

"좋다. 퇴학도 불사하겠다면 맘대로 하도록! 선생님들, 교문 여세요! 기숙사 길도 터 주세요. 못 돼먹은 것들 같으니."

교문은 다시 열렸고 통학생들은 교문을 빠져나갔다. 사생들 대부분은 기숙사로 향했다. 나는 애리와 함께 통학생들과 더불어 교문을 나섰다.

"우와, 성공이야! 혜인아, 이 정도면 대성공이지?"

"그래. 전교생 중 삼분의 이는 나온 것 같아. 이렇게 많이 호응할 줄 몰랐는데. 암튼 얼른 가자. 윤 기자님이 신문사에 있으면 좋겠는데."

"맞아. 그래야 일이 술술 풀릴 텐데……. 어서 가자."

간밤에 맹휴 계획을 짤 때, 결의문을 읽고 동맹 휴학을 결의한 뒤 음전 언니와 미자 언니를 비롯한 사생 대부분은 기숙사에 남아 다음 계획을 짜고, 애리와 나는 윤 기자님이 일하는 신문사로 찾아가 우리 학교의 동맹 휴학 사실을 알리기로 한 것이다.

비록 몸은 바빴지만 가슴엔 희망이 움터 올라 부쩍 기운이 났다. 우리는 손을 맞잡고 힘차게 신문사를 향해 뛰어갔다.

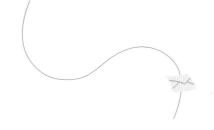

내 뜻대로, 우리 뜻대로

"혜인아, 일어나 봐. 이게 뭐니?"

어머니 목소리가 들려 나는 눈을 번쩍 떴다. 어머니 모습이 어슴푸레 보이기는 하는데 정신이 혼미하고 아침인지 저녁인지 가늠이 되지 않았다.

"일어나 보래도. 이게 뭐냐고?"

어머니가 뭔가를 흔들어 대며 다시 재촉했다. 나는 벌떡 일어났다. 그제야 엊저녁에 집에 와서 오늘 새벽녘에야 잠들었던 것, 해가 중천에 떠올랐을 때쯤 느지막이 일어나 아침 겸 점심을 먹고 다시 이불 속으로 들어갔던 게 생각났다.

"뭐가요, 어머니?"

"이거 말이야. 설명해 봐."

어머니가 내 얼굴 앞에 신문을 들이댔다. '은명여고보 총 동맹 휴학 단행'이란 제목부터 눈에 확 띄었다.

화들짝 놀라 신문을 들여다보았다. 기사는 그야말로 대문짝만 했고 우리 학교 학우들이 주먹을 불끈 쥔 채 뭔가를 외치는 모습의 사진까지 실려 있었다. 사진 아래에는 '맹휴를 단행하며 요구 조건을 외치는 은명여고보 학생들'이란 설명이 달려 있었다.

"아, 이게 뭐, 뭐냐면⋯⋯."

당황해서 말을 더듬자 어머니가 사진 한가운데를 가리켰다.

"동맹 휴학이 웬 말이며, 네 얼굴이 여기 왜 있어?"

"네? 제 얼굴이요?"

학우들이 모두 똑같은 교복 차림이라 미처 못 알아봤는데 정말 내 얼굴이 사진 한가운데에 선명히 박혀 있었다. 어머니가 얼마나 놀랐을지는 짐작이 가고도 남았다.

엊저녁에 집에 왔을 때, 웬일로 평일에 왔냐는 어머니에게 학교 행사 때문에 하루 쉰다고 둘러댔었다. 사실대로 말하면 당장 학교로 돌아가라고 할 게 뻔한 데다 어머니가 부쩍 야윈 모습이라 거짓말을 할 수밖에 없었다. 살림을 도와주는 오산댁 아주머니 말로는, 요새 어머니가 식사도 잘 못 하고 잠도 잘 못 이루는 것 같다고 했다. 조바위 여인이 난리 치고 간 다음부터인 듯했다. 열흘 만에 만난 어머니가 십 년은 더 늙어 보여 마음 쓰였는데, 동맹 휴학 기사까지 보게 했으니 너무나도 죄송스러웠다.

어머니를 안심시키려 나는 차근차근 설명했다.

"새로 일본인 선생들이 왔는데 진짜 문제가 많거든요. 우리한 테 기모노 재봉법을 가르치고 일본 요리까지 만들게 해요. 조선 인을 깔아뭉개고 일본인한테 시집가라는 말도 아무렇지 않게 하 고요. 불온 학생 잡아낸다고 막 기숙사 방까지 뒤져요. 일본식 교 육을 하느라 아주 혈안이 됐다니까요. 그래서 전교생이 들고일어 났고 저도 거기에 살짝 낀 거 뿐예요."

리코 선생의 만행이나 내가 불온 학생으로 찍혔다는 말까지는 차마 하지 못했다. 정학 상태인 것 역시도. 어머니가 한숨을 내쉬 었다.

"기사도 그렇게 나긴 했더라. 그렇지만 일본 세상이 됐으니 감 수해야 어쩌겠니. 학교 졸업하면 동경 유학 보내 줄 테니 너는 그런데 끼지 말고 조용조용 학교생활 하면 좋겠다."

"어머니도 참. 제가 기모노 입고 다니고, 일본 요리 좋아해도 괜 찮아요?"

"에미 맘을 그리 모르겠니? 맹휴 같은 거 하다가 다칠까 봐 그 러지. 누구든 독립운동이든 항일운동이든 해야 나라를 되찾겠지. 그렇지만 너나 네 이모가 그런 데 뛰어드는 건 싫다. 내가 너희를 어떻게 키웠는데……. 에미가 이기적이라고 손가락질해도 어쩔 수 없어."

가슴이 찌르르했다. 사실 어제 집에 오기 전만 해도 단단히 각 오했었다. 신문에 맹휴 기사가 실리면 어머니가 알게 될 테니 떳

떳하게 다 털어놓으리라고 말이다. 리코 선생한테 정학을 당했고 어머니 신분마저 폭로됐다는 것까지. 그렇기에 더더욱 맹휴에 동참할 수밖에 없었노라고. 하지만 어머니에게 차마 그 얘기까지 할 수는 없었다. 내가 대꾸를 못 하고 머뭇거리자 어머니가 다시 말했다.

"네 얼굴이 중앙에 또렷이 박혔던데, 설마 주동한 건 아니지?"

"아니에요. 저는 2학년이라 주동할 수도 없어요. 3, 4학년 언니들이 앞장섰어요."

"그럼 다행이고. 아무튼, 오늘이라도 학교로 다시 돌아가. 맹휴고 뭐고 중단하고."

"그건 안 돼요. 학교가 어떻게 나오는지 보고 돌아가든지 말든지 할게요. 다들 그렇게 하기로 약속했어요. 이해해 주세요."

어머니가 한숨을 내쉬었다.

"어휴, 가슴이 벌렁벌렁해 못 살겠다. 신문에 네 사진 실린 거 보고 얼마나 놀랐는지 아니? 암튼 최대한 빨리 학교로 돌아가. 에미 속썩이지 말고."

"알았어요. 속 안 썩일게요. 약속! 걱정 마세요. 다 잘될 거예요."

나는 새끼손가락을 어머니 손가락에 걸고 가만히 어머니를 안았다. 오늘따라 어머니 냄새가 코끝에 사무쳤다.

어머니가 나가고 나서 나는 신문을 찬찬히 읽었다.

은명여고보 총 동맹 휴학 단행

사백여 명 학생이 일치 단결 여섯 개 조건을 요구

시내 수송동 은명여자고등보통학교(이하 '은명여고보')는 그 경영주가 조선인임에도 불구하고 교직원은 대개 일본인이 되어 자못 세상의 이목을 의아케 한지 오래였는데, 요시다 학감이 부임한 이래 조선 교원을 몰아내고 일반 교원에까지 일본인을 채용하야 조선인 학생의 교육에 지장이 적지 않았다. 특히 최근에는 재봉 과목과 기숙사 사감까지 일본인 교사가 담당해 학생들로 하여금 조선 가정에 적응치 못할 교육을 하매, 학생 측은 쓰지도 못할 학문을 닦는 의미를 알 수 없다 하며 혁신의 기운을 보이었다. 그러더니 필경 작일 오전에는 전교생이 단결해 다음의 요구 조건을 내거는 동시에 그 목적이 달성되기까지 단연히 휴교를 결행키로 하였다더라.

이어 기사에는 우리가 요구한 여섯 개 조건까지 조목조목 실려 있었다. 요시다 학감과 리코 선생을 사직시킬 것, 학생 처우를 개선할 것, 조선인 재봉 교사를 채용해 조선 여학생에 맞는 재봉 교육을 할 것, 조선인 교사를 더 많이 채용할 것, 학생에게 인격적 대우를 할 것, 기숙사 사생들의 개인 생활을 보호할 것 등.

학교 운동장에서 목청껏 외쳤던 내용들이 신문에 낱낱이 실린 걸 보니 가슴이 뛰었다. 우리의 요구 사항도 금방 다 관철될 것만 같은 느낌이었다.

그런데 한 가지가 궁금했다. 기사는 어제 애리와 내가 윤 기자님 책상에 놓고 온 쪽지글과 결의문 등을 바탕으로 썼다고 쳐도, 사진은 누가 언제 찍은 건지 알 수가 없었다. 갑작스럽게 이뤄진 맹휴여서 학우들과 교직원 말고는 현장에 다른 사람이라곤 없었기 때문이다.

그때 밖이 시끌시끌하면서 어머니와 이모의 목소리가 들렸다.

"이 시간에 웬일들이여? 퇴근 시간 전이잖어."

"아아, 윤 기자는 취재 나왔다가 곧바로 퇴근하는 거고 나도 출장 나왔다가 병원으로 가기 어정쩡해서 집으로 왔어. 서로 일정을 알아서 중간에 만났고."

나는 얼른 마루로 나갔다. 이모와 윤 기자님, 어머니가 마당에 서 있었다.

"그랬구나. 윤 기자는 저녁 먹고 가소. 반찬은 없지마는."

"예, 그러려고 왔습니다. 저번에도 맛있게 먹어서 오늘도 기대하고 왔습니다."

"에구, 기대했다가 실망할까 봐 걱정이구먼. 그나저나 초희야, 혜인이 신문에 난 거 알지? 맹휴인지 뭔지 안 하면 좋겠는데 사진에 얼굴까지 떡하니 박혔더라. 큰일 아니니?"

어머니가 걱정하자 이모가 안심을 시켰다.

"언니, 은명여고보가 심하던 걸요. 조선인 선생은 다 내쫓으려 하고 일본인 선생들은 애들한테 심하게 굴고. 그러니 학생들이 참다못해 터진 거지. 근데 맹휴 한 번 했다고 애들을 어떻게 하진 못해요. 한둘도 아니고, 사백 명이 단체로 했던데."

"그걸 네가 어떻게 장담해."

"융희 황제가 승하하신 어수선한 시기잖아요. 학교가 학생들 요구 조건을 어느 정도는 수용할 거예요. 너무 걱정 마세요."

이모가 조곤조곤 말했지만 어머니한테는 잘 먹히지 않았다.

"세상이 어디 그렇게 호락호락하디? 맹휴니 뭐니 하다가 혜인 이가 다치기라도 하면 나는 못 산다. 네가 타일러서 얼른 학교로 보내. 혜인이가 학교로 돌아가야 내가 발 뻗고 자겠다."

"알았어요, 언니. 혜인이랑 얘기 좀 해 볼게요."

이모가 선선히 대답하고서야 어머니 얼굴이 조금 누그러졌다.

조금 뒤 모두 대청마루에 자리를 잡고 앉자 오산댁 아주머니가 오미자차와 유과를 내왔다. 오미자차로 한 모금 입을 축인 후 이모가 윤 기자님에게 물었다.

"은명 맹휴 소식, 어떻게 보도한 거예요? 다른 신문엔 기사 없던데. 사진까지 실린 거면 특종 아녜요?"

나는 깜짝 놀라 윤 기자님을 향해 눈을 끔뻑끔뻑했다. 내가 우리 학교 맹휴 소식을 알린 걸 말하지 말라는 뜻이었다. 윤 기자님이 내 뜻을 알아채고 능청스레 대답했다.

"내가 자리를 비웠을 때 웬 은명 학생이 쪽지를 책상에 놓고 갔더라고요. 그걸 보고 당장 은명여고보로 달려가 취재했지요. 교장이랑 학감은 기사 쓰면 안 된다고 펄펄 뛰었는데, 동렬 선배가 도와줘서 자초지종을 알았어요. 동렬 선배가 사진 필름까지 주더라니까요."

동렬 선배? 류동렬 선생님 말인가?

"누군지 몰라도 참 당찬 아이네. 근데 사진이 현장처럼 생생하던데, 동렬 선배가 일본 있을 때 사진 공부 좀 했지요? 미제 카메라도 있고."

이모까지도 동렬 선생님을 언급하니 더는 궁금해서 참을 수 없었다.

"두 분 우리 학교 류동렬 선생님이랑 아는 사이예요?"

"응. 우리 넷, 함께 동경에서 공부했잖아. 은봉이까지. 아주 친해. 류 선생이 윤 기자의 경정고보 선배이기도 하고."

너무 놀라웠다. 이모와 은봉 선생님이 친한 동창인 줄은 알았는데 동렬 선생님과 윤 기자님까지 선후배 사이라니. 신문에 실린 사진에 대한 궁금증도 말끔히 풀렸다. 아마도 우리가 맹휴를 할 때 동렬 선생님이 어딘가에서 사진을 찍은 모양이었다. 계속 듣고만 있던 어머니가 한마디 했다.

"근데 윤 기자, 하나만 물어봅시다. 은명 아이들이 맹휴를 벌인 게 일본식 교육 때문이라던데 어떻게 그런 기사가 신문에 실릴 수 있지요? 요새는 신문 검열 안 해요?"

유과를 먹다 말고 윤 기자님이 대답했다.

"검열하기야 하죠. 근데 지금은 문화 통치* 기간이라 조선인을 최대한 자극하지 말자는 뜻으로 살짝 봐주는 것 같습니다. 융희 황제 장례 기간이기도 하고요. 우리 편집국장도 은명 맹휴 기사 나가면 안 된다고 펄펄 뛰었는데 결국엔 눈감아 줬어요. 총독부에서도 잔소리는 했지만 어물쩍 넘어갔고요."

어머니가 고개를 끄덕끄덕했다.

"그렇게 된 거군요. 아무튼, 나는 맹휴고 뭐고 혜인이만 안 끼면 좋겠어요. 혜인아, 너는 내일부터라도 당장 학교에 가. 알겠지? 너희 학교 애들이라고 다 맹휴하는 건 아니잖아."

뭐라 대답해야 할지 머뭇거리는데 윤 기자님이 대신 대답했다.

"취재해 보니 학생들 요구도 일리가 있더라고요. 일본인 학감하고 사감이 어찌나 극성을 부리던지 말입니다."

덜컥 걱정이 됐다. 내가 정학을 당한 사실까지 윤 기자님이 알고 있을 것만 같아서. 마침 어머니가 저녁 준비를 한다며 부엌채로 가기에 조용히 물었다.

"윤 기자님. 혹시 저 정학당한 것도 아세요?"

"알아요. 리코 선생한테 맞서다가 그렇게 된 거 동렬 선배한테

---

* 문화 통치: 3·1 운동 이후 일본이 무력과 강압만으로는 우리 민족을 지배하기 어렵다는 것을 깨닫고 우리 민족의 문화와 관습을 존중하고 위한다는 것을 내세워 실행한 식민지 통치 방식.

들었어."

윤 기자님의 말을 이모가 받았다.

"이모도 알고 있어. 네가 리코라는 일본인 선생한테 뺨까지 맞고, 학교에 엄마 소문까지 퍼졌다며. 네가 얼마나 억울하고 놀랐을지…… 소식 듣고 너무 짠했어. 그래도 이렇게 씩씩하게 있어서 고맙고."

이모까지 알고 있다니…… 너무 놀랐지만 일단 당부부터 했다.

"쉿 이모, 좀 조용히 해. 어머니 듣겠다."

"그래. 아무튼, 넌 몸조심해야 한다. 상의할 일 있으면 언제든 이모한테 말하고."

윤 기자님도 푸근한 표정으로 거들었다.

"나도 도울게. 특히 어제처럼 신문사 도움이 필요할 때는 언제든지 찾아와요."

"이모, 고마워. 윤 기자님도 고맙습니다."

두 사람의 응원이 나는 정말 너무 고맙고 든든했다.

그러고 있는데 보신각 앞에서 애리와 만나기로 한 게 생각났다. 벽시계를 보니 약속 시간 삼십 분 전이었다. 방에 들어가 얼른 교복으로 갈아입고 나와 부엌으로 가서 말했다.

"어머니, 저 좀 나갔다 올게요."

오산댁 아주머니와 함께 저녁을 준비하고 있던 어머니가 눈을 휘둥그레 떴다.

"저녁 다 됐는데? 맹휴 때문에 나가는 거라면 안 된다."

"맹휴 때문 아녀요. 애리랑 백화점 가기로 했어요. 숙제 거들어 줬다고 애리가 양산 사 준댔거든요. 애리는 맹휴 안 했어요."

"그래? 걔는 은행장에 남작 딸이라고 맹휴도 안 하는구나. 아무튼, 조심하고 일찍 오렴."

다행히 어머니는 감쪽같이 속아 넘어갔다. 하긴 애리 같은 아이가 맹휴에 동참할 거라고 생각할 사람은 아무도 없을 것이다.

너의 희망이 무엇이냐

애리와 나는 전차를 타고 아현 고개로 가는 중이었다. 전차 차창 너머로 조선 총독부 건물이 보였다. 무심하게 지나쳤던 건물이건만, 학교 일 때문인지 오늘따라 심한 거부감이 들었다. 원래 총독부는 남산에 있었지만, 경복궁 앞뜰을 파괴해 새 청사를 지어 옮겨 온 지 몇 달이 채 되지 않았다.

얼마 후 전차는 숭례문 길을 지나 공덕동으로 접어들었고, 조금 뒤 우리의 목적지인 아현 고개에 다다랐다. 우리는 전차에서 내려 주소가 적힌 종이쪽지를 들고 물어물어 하숙집을 찾아갔다. 경정고등보통학교 4학년 최석준이라는 남학생이 하숙한다는 집이었다. 상급생 언니들과 짠 작전에 따라 중요한 임무를 완수하러 가는 길이었다.

하숙집은 꼬불꼬불한 골목길을 몇 번이나 돌아간 곳에 있는 낡은 집이었다. 대문 위에 '下宿(하숙)'이라 새겨진 나무패가 걸려 있고 유성기를 틀어 놓은 듯 담 너머로 '희망가'가 흘러나왔다.

이 풍진 세상을 만났으니 너의 희망이 무엇이냐
부귀와 영화를 누렸으면 희망이 족할까
푸른 하늘 밝은 달 아래 곰곰이 생각하니~

마침 사립문이 열려 있어 안으로 들어갔다. 방이 여러 개인 집인데, 방문은 더러 열려 있어도 인기척은 없었다. 작은 꽃밭 위로 나비와 벌들이 팔랑팔랑 날아다니고 고양이 한 마리가 나타나 우리를 빤히 쳐다볼 뿐.

"계세요? 계십니까?"

우리가 소리치자 노랫소리가 뚝 끊기더니 방문 하나가 열리며 얼굴에 쪼글쪼글한 주름이 가득한 할머니가 고개를 내밀었다.

"뉘시유?"

"안녕하세요. 여기가 최석준 학생이 하숙하는 집 맞는지요?"

애리가 묻자 할머니가 방에서 나오며 되물었다.

"뉘신데 석준 학상을 찾누?"

그때 누가 사립문으로 들어서며 소리쳤다.

"할머니, 저 왔어요."

애리와 나는 깜짝 놀랐다. 사립문으로 들어선 사람이 금선이었기 때문이다.

"어, 금선아!"

우리가 소리치자 금선도 눈을 휘둥그레 떴다.

"어? 너희가 웬일이니? 여기 우리 오빠 하숙집인데?"

"금선 학상도 왔네? 이 여학상들이 석준 학상을 찾아왔는디 아
는 사이여?"

할머니의 말을 듣고 나는 깜짝 놀랐다. 우리가 찾아온 남학생
이 금선의 오빠였다니…… 그제야 금선이 언젠가 오빠도 경성에
유학 와서 고보를 다닌다고 했던 게 생각났다. 워낙 자기 얘기를
잘 하지 않는 아이라 자세한 얘기는 못 들었지만. 맹휴 계획을 짤
때 금선은 빠져 있었기 때문에 '최석준'이라는 이름이 나왔어도
우리는 두 사람이 남매란 걸 알 수 없었던 것이다. 그러고 보니 음
전 언니와 미자 언니도 이 사실을 모르는 듯했다.

"예, 할머니. 같은 학교 동무예요."

금선이 대답하자 할머니가 반색을 했다.

"그려? 이쁜 학상들끼리 동무구먼. 마실 것 좀 내올 테니 툇마
루에 앉아들 있어."

할머니가 부엌으로 간 사이 금선이 의아한 눈초리로 물었다.

"웬일이니? 우리 오빠를 너희가 왜 찾아왔어?"

나는 금선에게 차근차근 자초지종을 설명했다.

"경정고보에 연대 맹휴를 부탁하려고 왔어. 우리끼리만 맹휴를

해서는 힘을 받기 어려워서 다른 학교 학생들을 찾아가 부탁하기로 했는데, 우리가 너희 오빠 만나는 걸 맡게 됐어. 근데 언니들도 네 오빠인 줄은 모르는 눈치던데?"

금선의 낯빛이 눈에 띄게 어두워졌다.

"우리 학교 맹휴하는데 왜 오빠네 학교까지 끌어들인다니? 언니들이랑 오빠는 어떻게 아는 사이고?"

"조선독서회라는 데서 같이 공부한다던데? 요새는 학교끼리 서로 맹휴하는 걸 도와주고 그런대. 아무튼, 우린 그 얘기 전하려고 왔어. 혹시 못 만나면 쪽지라도 남기고 가려 했고."

내가 조곤조곤 대답했지만 금선은 계속 못마땅한 눈치였다.

"우리 오빠 언제 올지 모르니까 먼저 가. 내가 전해 줄게."

"조금 기다리더라도 직접 전하고 싶어. 언니들이 웬만하면 직접 전하랬거든."

"내가 전해 준다고. 나 믿고 가도 된다고."

왠지 금선은 우리가 자기 오빠를 만나는 걸 꺼려하는 것 같았다. 왜 이러나 싶고 조금 불쾌하기도 했지만 나는 애리를 재촉했다.

"금선이가 전해 준다니 우리는 가자. 금선이 오빠가 언제 올지도 모르는데 잘됐지 뭐."

할 수 없다는 듯 애리도 고개를 끄덕끄덕했다.

"그럼 네가 꼭 전해 줘."

등 뒤에서 굵직한 남자 목소리가 날아온 것은 그때였다.

"금선이 왔니?"

돌아보니 검은 교복 차림에 교모를 쓰고 책보를 옆구리에 낀 남학생이 서 있었다. 교복 윗도리 왼쪽 가슴에 '崔錫俊(최석준)'이라 새겨진 명찰이 붙어 있었다. 짙은 눈썹 아래 진중한 눈빛이 강단 있어 보였다. 금선이 당황한 표정을 지었다.

"오빠!"

"그래. 평일인데 웬일로 왔어?"

"아, 하와이 고모한테서 편지가 와서 오빠한테 전해 주려고."

석준 오빠가 애리와 나를 눈짓하며 물었다.

"그랬구나. 근데 동행은 학교 동무들?"

"응, 얘는 신혜인, 쟤는 민애리. 기숙사 한방 써. 얘들아, 인사해."

"반가워요. 같이 놀러 온 거지요?"

금선의 설명에 석준 오빠가 부드럽게 물었다. 애리가 냉큼 대답했다.

"아니어요. 우리 학교 김음전 언니랑 송미자 언니가 오빠를 만나 보라고 해서 왔어요. 참, 금선이 오빠니까 그냥 오빠라고 불러도 되죠? 아님 선배라고 할까요?"

"아, 음전 씨랑 미자 씨 후배구나. 아무렴, 오빠라고 하면 되지. 나도 말 놓겠네. 여기서 이럴 게 아니라 내 방으로 들어가지."

석준 오빠는 거리낌이 없었고 금선은 계속 허둥지둥했다. 우리 셋은 석준 오빠를 따라 구석방으로 갔다. 깨끗하고 정돈이 잘 된

방이었다. 무엇보다 책꽂이에 꽂힌 수많은 책들이 눈길을 끌었다.

"어머, 방이 어쩜 이렇게 깔끔해요? 책은 또 뭐 이리 많대요? 책 좋아하시나 보다."

애리가 방을 둘러보며 촐싹거렸다. 나도 방바닥에 앉으며 책꽂이에 꽂힌 책들을 눈으로 훑었다. 똘스또이의 『부활』, 도스또예쁘스끼의 『가난한 사람들』 같은 소설은 물론이고 『나파륜 전사』 『이태리 건국 삼걸전』 『애국부인전』 같은 책들까지 있었다. 춘원과 춘성 등 조선 문장가들의 책, 소월과 만해 시집도 꽂혀 있었다. 그런데 애리가 공연히 나를 끌어들였다.

"신혜인 애도 책벌레예요. 아주 책을 끼고 살거든요. 특히 애정 소설을요."

"뭐래! 누가 애정 소설을 끼고 살아!"

내가 발끈하자 석준 오빠가 소탈하게 웃었다.

"애정 소설이 뭐가 어때서? 나도 좋아하는 걸. 그나저나 전할 얘기가 뭐지?"

이번에는 내가 설명할 기회를 잡았다. 언니들 말을 전하는 동안 석준 오빠는 점점 표정이 심각해지더니, 다 듣고 나서는 몹시 분개하며 말했다.

"신문 기사 보고 짐작은 했지만 직접 들으니 더 울화가 치미네. 은명처럼 조선 궁가에서 세운 학교에서까지 일본식 교육을 한다니 말이 돼? 융희 황제까지 승하하셔서 앞으로는 일제가 더 포악을 부릴 텐데 큰일이네."

걱정스레 보고만 있던 금선이 한마디 했다.

"오빠, 제발 애네들 얘기 그냥 흘려들어. 우리 학교 일에 오빠가 왜 신경을 써?"

"우리 학교, 남의 학교가 어디 있어. 왜놈들이 저렇게 포악을 떠는데 서로 도와야지. 혜인이, 애리라고 했지? 음전 씨, 미자 씨한테 전해 주게. 때를 봐서 우리 경정고보도 연대 맹휴를 해서 도울 테니 계속 꿋꿋이 밀고 나가라고."

석준 오빠 말에 금선이 목소리를 높였다.

"무슨 연대 맹휴를 한다고 그래? 어머니가 접때 신신당부하고 가신 거 잊었어? 그런 일에 절대 나서지 말라고 하셨잖아."

"잊긴 왜 잊어. 오빠가 어머니 말씀 어기는 거 봤니? 걱정 안 하시게 요령껏 할 거니까 신경 쓰지 마."

석준 오빠가 타이르듯 말하니 더는 대꾸를 못 했지만 금선의 얼굴에는 먹구름이 가득했다. 남매의 대화를 듣고 있으려니 나는 왠지 마음이 무거웠다.

어쨌든 전할 것도 다 전했겠다, 그만 돌아가려는데 할머니가 둥근상을 들이밀었다. 각자 설렁탕 한 그릇에 보리밥 한 공기씩, 그리고 깍두기 한 보시기가 놓인 상이었다.

"마실 걸 내오려다가 저녁때가 됐다 싶어서. 마침 설렁탕 사다 놓은 게 있더라구. 뚝딱 먹고 가."

"할머니, 고맙습니다."

석준 오빠가 둥근상을 넙죽 받으며 고개를 숙였다. 우리도 감사를 표했다. 네 사람은 둥그렇게 모여 앉아 설렁탕을 먹기 시작했다. 옆자리에 석준 오빠가 있었지만, 나는 내숭 따위는 피울 틈도 없이 훌훌 먹어 치워 버렸다. 마음이 무거운 것과는 상관없이 배가 고팠고 설렁탕도 너무 맛있었기 때문이다.

다 먹고 나서 애리와 나는 먼저 방을 나왔다. 금선은 석준 오빠와 좀 더 얘기하다가 뒤늦게 나왔다. 우리를 배웅한다며 따라 나온 석준 오빠가 신발을 신다 말고 말했다.

"참, 금선아. 요새 명규 소식 들은 거 있니?"

금선이 얼굴을 붉히며 목소리를 높였다.

"오빠!"

석준 오빠가 아차, 하는 표정으로 얼른 입을 다물었다. 뭔가 의아한 광경이었다.

석준 오빠를 뒤로 하고 하숙집을 나서니 어느새 사방에 어스름이 내려앉고 있었다. 셋이서 나란히 골목길을 걸어 나오는데 애리가 물었다.

"금선아, 아까 너희 오빠가 명규라는 사람 얘기하니까 얼굴 빨개지던데, 누군데 그래?"

금선이 멈칫하며 굳은 표정으로 대답했다.

"어, 아냐. 아무도 아냐."

"아니긴, 뭔가 이상하던 걸. 혹시 고향에 두고 온 첫사랑 아냐?"

애리가 장난스레 물었건만 금선은 더럭 화를 냈다.

"왜 이래, 아무도 아니라는데!"

"어머, 알겠어. 미안해. 근데 뭐 그렇게 화낼 일이니? 아니면 그만이지."

애리는 사과를 하면서도 금선을 탓했다. 나도 오늘따라 금선이 이상하다는 생각이 들었다. 평소 누구보다 차분하고 침착한 아이였기 때문이다. 애리도 금선 때문에 기분이 상한 것 같아 내가 조심스레 물었다.

"너 오늘 좀 예민한 거 같아. 우리한테도 까칠하게 굴고……."

금선이 발걸음을 멈추더니 한숨을 내쉬었다.

"미안해. 내가 좀 그랬지? 딴 거 아냐. 아버지 돌아가신 담부터 어머니가 오빠를 더 챙기는데, 요새 시절이 하도 수상해서 노심초사하시거든. 어디서 맹휴 얘기를 들으셨는지 접때도 상경해서 단단히 당부하고 가셨어. 맹휴든 뭐든 절대 하지 말라면서. 어쨌든 내가 까칠하게 군 건 미안하다. 너희도 맹휴하는데 오빠 엮일까 봐 걱정하는 것도 민망하고."

금선이 경성에 유학 오기 직전에 아버지가 돌아가신 건 우리도 다 알고 있었다. 금선도, 금선의 어머니 마음도 충분히 이해할 수 있었고. 나와 같은 심정인 듯 애리가 고개를 끄덕끄덕했다.

"그랬구나, 알겠어. 네가 이렇게 말해 주니 이해가 된다. 그나저나 너네 오빠 엄청 멋지던데? 안 그러니, 혜인아?"

　나는 말없이 웃기만 했다. 어쨌든 무사히 임무를 수행해서 마음이 홀가분했다.

만천하에 자명한 일

　봄은 날로 무르익어 갔다. 월요일 아침 등굣길에도 자목련과 벚꽃처럼 큰 꽃나무들은 물론 은방울꽃, 엉겅퀴, 금계국 같은 풀꽃들이 알록달록 어우러져 눈을 즐겁게 했다.

　큰길에서 작은 길로 꺾어 들자 학교가 보였다. 교사 위 국기 게양대에서는 늘 그렇듯 교기와 함께 일장기가 펄럭이고 있었다.

　교문 앞에는 음전 언니와 미자 언니를 비롯한 상급생 언니들이 여럿 모여 있었다. 지난 금요일에 맹휴를 결의하고 헤어지면서 월요일인 오늘 아홉 시에 교문 앞에서 만나 대표단 스무 명이 교장 선생님을 만나러 가기로 했기 때문이다. 우리가 요구한 조건들을 학교가 어떻게 처리할 계획인지 교장 선생님을 만나 담판을 짓기로 한 것이다. 애리와 나는 맹휴를 결의하자마자 학교를 빠져나왔기에 대표단을 꾸리는 일은 기숙사에 머무는 음전 언니와 미자 언니가 맡아 주었다.

교문 앞으로 뛰어가니 미자 언니가 나를 보자마자 물었다.

"어서 와, 혜인아. 최석준 씨는 만났니?"

"네, 경정고보에서도 언제든 우리 맹휴를 돕겠대요. 그러니까 계속 꿋꿋이 밀고 나가라고 했어요. 근데 언니들, 몰랐죠? 그 오빠가 금선이 오빠더라고요. 하숙집에서 금선이 만나서 깜짝 놀랐잖아요."

음전 언니가 눈을 동그랗게 떴다.

"정말? 근데 왜 석준 씨는 여태 말을 안 했지?"

"서로 불편할까 봐 그런 거 아닐까요? 저도 금선이한테 경성에서 고보 다니는 오빠 있다는 얘기를 듣기는 했는데 이름은 몰랐어서 깜짝 놀랐어요."

그때 애리가 헐레벌떡 뛰어오고 다른 학우들도 도착해 스무 명이 다 채워졌다. 문제는 교문이 잠겨 있어 안으로 들어갈 수가 없다는 것이었다.

"아까 기숙사에서 나올 때만 해도 교문 열려 있었잖아. 근데 왜 갑자기 잠겼지?"

미자 언니가 이상해하자 다른 언니들도 한마디씩 했다.

"그러게. 우리가 교장 선생님 만나기로 한 계획이 샜나?"

"그런다고 못 들어갈까? 후문 쪽 뒷담으로 넘어가면 돼."

하지만 나는 그 방법은 옳지 않다고 생각했다.

"저⋯⋯, 정문 놔두고 후문 쪽 뒷담을 넘는 건 아닌 거 같아요. 정정당당하게 겨뤄야죠. 일단 교문을 열어 달라고 해 보는 게 어때요?"

"그러네. 혜인이 생각이 맞네."

뒷담을 넘자고 했던 언니가 머리를 긁적였다. 다른 언니들과 학우들도 모두 내 생각에 동의했다. 이렇게 된 거, 내가 먼저 선창을 해야 할 것 같았다.

"제가 교문을 흔들면서 열어 달라고 할 테니까 모두 따라 해 주세요. 자, 시작합니다! 교문을 열어 주세요! 교장 선생님을 만나고 싶습니다!"

"교문을 열어 주세요! 교장 선생님을 만나고 싶습니다!"

"우리는 교장 선생님과 대화하고 싶다. 교문을 열어 달라!"

"우리는 교장 선생님과 대화하고 싶다. 교문을 열어 달라!"

목청껏 소리쳤지만 안에선 아무런 기척이 없었다. 다시 또 몇 번을 되풀이했지만 학교 안은 폭풍 전야처럼 고요하기만 했다. 음전 언니가 혀를 차며 분개했다.

"참나, 선생님들이 귀를 솜뭉치로 틀어막고 있나 보네. 다시 해 보자. 시끄럽게 굴면 못 배기고 나와 보겠지."

"그럼요. 뜻이 있는 곳에 길이 있다고 했어요."

미자 언니가 맞장구를 치며 선창했다.

"우리는 교장 선생님과 대화하고 싶다, 교문을 열어 달라!"

나머지 학우들도 다 함께 교문을 흔들며 소리소리 외쳤다.

"우리는 교장 선생님과 대화하고 싶다. 교문을 열어 달라!"

그때 뒤쪽에서 험악한 말소리가 날아왔다.

"이놈의 가스나들, 따순 밥 처먹고 시끄럽게 뭐 하는 짓이냐?"

"조용한 동네에서 웬 소란이래? 학생이면 얌전히 공부나 할 것이지."

동네 아저씨와 아주머니들이 갑작스러운 소란에 우르르 몰려나온 것이었다.

"정말 죄송합니다. 선생님들하고 얘기 좀 하려는데 교문을 안열어 줘서요."

미자 언니가 공손히 사과하고 음전 언니도 거들었다.

"어르신들, 죄송합니다. 저희가 억울한 일을 당해서 맹휴를 했는데…….."

수염이 텁수룩한 아저씨가 앞으로 나서더니 퉁명스레 말했다.

"신문 봐서 안다. 그래 봤자 소용없어. 나라도 망하고 나랏님도 돌아가신 판국에 왜놈들한테 대접받길 바라냐?"

푸근한 인상의 아주머니도 걱정스러운 표정을 지었다.

"그래. 맹휴고 뭐고 씨알머리도 안 먹힐 테니 그냥저냥 받아들이고 살아라. 행여 너희들 다칠까 무섭다. 이래도 한 세상, 저래도 한 세상이여. 조용히들 살아."

그때 덜커덩 교문이 열리더니 요시다 학감과 리코 선생이 모습을 드러냈다. 소사 아저씨도 열쇠 뭉치를 손에 든 채 뒤에 서 있었다. 요시다 학감은 우리는 쳐다보지도 않고 어른들 앞으로 가서 말했다.

"학생들이 소란을 피워 죄송합니다. 곧 조치할 테니 돌아가 주십시오."

맨 처음 화를 냈던 아저씨가 허리를 반으로 꺾으며 굽실거렸다.

"예예, 알겠습니다. 가시나들이 공부나 할 것이지, 배가 불러 저러지요."

동네 어른들은 요시다 학감과 리코 선생과 몇 마디를 더 나눈 후 집으로 돌아갔다. 그러자마자 학감이 날선 어조로 말했다.

"너희는 지금 맹휴 중이 아닌가? 기숙사든 집이든 처박혀 있어야지, 뭣 때문에 교문을 열라 말라 하지?"

미자 언니가 나서서 대답했다.

"교장 선생님을 만나려고 합니다. 저희를 들여보내 주십시오."

요시다 학감이 잠시 생각하는 눈치더니 소사 아저씨에게 눈짓했다. 아저씨는 교문을 활짝 열었고 우리는 우르르 안으로 들어갔다.

교장실로 들어서자 교장 선생님은 창가에 서서 운동장 쪽을 내려다보고 있었다. 우리가 들어오는 소리를 들었을 법도 한데 꿈쩍도 하지 않았다. 류동렬 선생님과 나은봉 선생님도 잔뜩 굳은 얼굴로 한쪽에 서 있었다. 요시다 학감이 교장 선생님 앞으로 가서 말을 건넸다.

"교장 선생님, 맹휴를 벌인 학생들이 왔습니다. 면담을 하고 싶답니다."

그제야 교장 선생님이 몸을 돌리고 우리를 보았다.

"뭐지? 나한테 하고 싶은 말이?"

음전 언니가 고개 숙여 인사한 뒤 차분히 말했다.

"저희가 맹휴를 할 때 여섯 가지 요구 조건을 제시했는데, 학교 측은 어떻게 하기로 했는지, 교장 선생님 생각은 어떠신지 알고 싶어서 왔습니다."

교장 선생님이 안경 너머로 우리를 보더니 나직하게 말했다.

"맹휴 결의문에 있는 내용은 잘 보았다. 신문 기사도 봤고. 근데 지금은 뭐라 대답해 줄 수가 없구나. 며칠 좀 기다려다오."

교장 선생님은 부쩍 핼쑥해져 있고 불안해 보이기도 했다. 그래선지 언니들은 더는 아무 말 못 했다. 너무 답답해서 내가 나섰다.

"교장 선생님, 너무 무책임하신 거 아닌가요? 선생님은 학교와 학생들을 책임지시는 분이잖아요. 저희가 오죽 억울하면 이렇게 들고일어났을까, 생각 안 해 보셨어요? 빨리 조치를 취해 주셔야죠."

동렬 선생님이 나를 엄하게 나무랐다.

"무례한 거 아니니? 지금 어떻게 하는 게 좋을지 고민 중이시다. 조금만 기다려 다오."

요시다 학감은 눈까지 부라리며 호통을 쳤다.

"신혜인, 너는 정학 중이 아닌가! 정학 중인 학생이 왜 학교에 오며, 무슨 발언권이 있어!"

나는 주눅 들지 않고 대꾸했다.

"정학생이지만 맹휴에는 동참했거든요. 정학도 억울하게 당한 거였고요."

요시다 학감이 째려봤지만 그럴수록 나는 더 고개를 쳐들었다. 그러자 은봉 선생님이 다정한 눈길로 말했다.

"학교도, 교장 선생님도 너희가 요구한 거 충분히 검토하고 있어. 오늘은 이만 물러가 줄래? 조만간 무슨 결정이 날 거야."

별수 없이 우리는 교장실을 나왔다. 아까 교문을 흔들며 힘차게 소리칠 때와는 달리 다들 어깨가 처져 있었다. 교장 선생님과 담판을 하면 당장 뭔가를 얻어 낼 수 있을 것 같았는데, 아무 성과 없이 돌아가려니 허탈했다.

복도를 지나 운동장으로 나왔을 때 미자 언니가 걱정스런 표정을 지었다.

"며칠 걸리겠는데요. 금방 결정 날 일이 아닌 거 같아요."

"당연하지. 맹휴한다고 학교가 금방 요구 조건을 들어주겠어? 일단 오늘은 흩어지자. 기숙사로 갈 사람은 기숙사로 가고, 집으로 갈 사람은 집으로 가고."

음전 언니 말에 모두 동의했다. 그래서 음전 언니와 미자 언니 등 대부분은 기숙사로 가고 나하고 애리를 비롯한 몇몇만 집으로 가기로 했다. 날짜를 헤아려 보니 내 경우는 정학이 딱 오늘까지이기도 했다. 집으로 가려는 학우들을 위해 소사 아저씨가 닫힌 교문을 다시 열어 주었다.

그런데 교문을 열자마자 윤 기자님이 웬 어른들과 함께 웅성웅성하며 서 있는 것이 보였다.

"어머, 웬일이셔요? 취재 오신 거예요?"

윤 기자님도 놀란 얼굴이었다.

"혜인 양, 지금 맹휴 중 아닌가? 학교엔 무슨 일로?"

자초지종을 설명하자 윤 기자님이 고개를 주억거렸다.

"그리된 게로군. 사실 지금 교장 선생님으로선 뭐라고 할 말이 없으실 거야. 혼자서 결정할 수 있는 일이 아니거든. 마침 학부모 대표들이 교장 선생님을 만나러 오셨어요. 학생들 힘만으로는 맹휴 요구 사항을 관철시키기가 힘들 거라고 몇몇 분이 뜻을 모으셨다네. 나는 이분들이 제보를 하셔서 취재하러 온 거고."

"정말요? 잘 부탁드리겠습니다."

우리는 학부모 대표들에게 고개를 조아렸다. 학부모 대표들도 힘내라며 응원을 해 주었다. 윤 기자님이 다시 말했다.

"면담 내용이 궁금하거든 신문사에 가 있어요. 나 만나러 왔다고 하면 사환이 있을 만한 데를 안내해 줄 거야. 나도 취재 끝나자마자 곧 돌아가서 기사 써야 하니까 기다리고 있어 봐요."

"네, 그럼 그럴게요. 취재 잘 부탁드려요."

윤 기자님은 학부모 대표들과 학교로 들어가고, 애리와 나는 교문을 나섰다. 애리가 류색에서 꽃양산을 꺼내며 궁금한 듯 물었다.

"저분, 네 이모부 되실 분 맞지?"

"응, 맞아."

"멋지시다. 정의의 사도 같아."

"나도 윤 기자님 마음에 들어. 우리 이모한테 딱 어울리는 분이야."

"혜인이 너는 좋겠다. 이모도, 이모부도 훌륭하신 분이라."

"그치? 나도 그렇게 생각해."

그때 애리가 꽃양산을 쫙 펼쳐 씌워 주며 말했다.

"같이 쓰자. 양산 안 쓰면 햇볕이 따가워서 주근깨 생겨. 참, 네 양산도 사 줘야 하는데……."

"괜찮아. 천천히 사 줘도 돼."

맹휴라는 심각한 일을 하고 있는 판국에 주근깨 타령이라니. 나는 애리가 어이없기도 하고 귀엽기도 했다. 곱게 자란 부잣집 딸이라 뇌 구조가 독특한 걸 이해해야 한다고 늘 되새기고 있지만 말이다.

조금 뒤 우리는 광화문통에 있는 신문사 건물에 다다랐다. 한

번 와 본 곳이라 이번엔 어리바리하지 않고 곧장 편집국을 찾아 들어갈 수 있었다.

편집국은 오전인데도 꽤나 분주해 보였다. 담배 연기를 연신 뿜어 대며 왔다 갔다 하는 사람이 있는가 하면, 책상에 엉덩이를 걸친 채 수화기를 귀에 대고 조선말과 일본말을 섞어 가며 쉴 새 없이 통화하는 이도 있었다. 기자인 듯 단발머리에 안경을 쓴 젊은 여성은 부지런히 기사를 쓰고 있었다.

사환의 안내에 따라 우리는 한구석에 있는 원탁 앞에 자리를 잡았다. 편집국 광경도 구경하고 소곤소곤 수다도 떨다 보니 오래지 않아 윤 기자님이 돌아왔다.

"학부모 대표들이 교장실에서 성명서 발표했어. 내일 신문에 보도할 건데, 한번 볼래요?"

윤 기자님이 건네는 학부모 성명서를 우리는 급히 읽어 보았다. 우리 학교의 맹휴가 요시다 학감과 리코 선생의 비교육적 행태에서 비롯됐으므로 학교는 속히 학생들의 요구 조건을 받아 주고, 맹휴에 가담한 것을 빌미로 불이익을 주지 말라는 내용을 담고 있었다.

학부형회까지 이번 맹휴에 나서 주었다는 사실이 너무 든든했다. 이쯤 되면 학교가 우리에게 항복하는 것도 시간문제일 성싶었다. 그런데 누군가가 갑자기 우리 손에서 결의문을 획 낚아채 갔다.

"이게 뭐야. 성명서? 은명여고보 학부형회? 윤 기자! 자네 계속 이럴 텐가? 은명 맹휴 기사는 더는 못 내보낸다고 했잖아. 이왕 장례 때문에 조선 팔도가 초비상 시국인 거 몰라서 이래?"

목소리의 주인공은 편집국장 명패가 있는 책상에 엉덩이를 걸치고서 뻑뻑 담배를 피워 대던 중년 남자였다. 국장이 호통을 치다시피 했는데도 윤 기자님은 태평했다.

"초비상시국인 거 누가 몰라요. 그런데 이런 민감한 시기에 조선 사람들 입을 틀어막았다간 더 큰 문제가 생길 수 있다는 거 국장님도 아시잖아요? 은명 맹휴는 이미 우리가 특종 보도했기 때문에 추이를 궁금해 할 독자들도 있을 테고요."

짜증 가득한 얼굴로 편집국장이 목소리를 높였다.

"우리 신문 또 휴간되면 자네가 책임질 텐가? 멀쩡한 기사는 안 쓰고 문제 많은 기사만 쓰는 이유가 뭐야! 신문사 말아먹으려고 작정을 했나!"

"국장님도 참, 신문사 말아먹어서 일개 기자인 저한테 무슨 이득이 있다고요? 은명 학생들이 요구하는 내용에 무리가 없다는 거 국장님도 아시잖아요. 게다가 학부형회에서 제보까지 했는데 명색이 기자가 돼서 어떻게 모른 척해요? 보세요. 학부모 대표 중에 이런 분들도 있다고요."

윤 기자님이 성명서 아랫부분에 있는 서명란을 가리켰다. 국장이 그걸 쓱 보더니 혀를 찼다.

"쯧쯧, 잘난 양반들이 왜 여기 끼어서 이런담? 아무튼, 나는 질 끈 눈감고 있을 테니 총독부에서 연락 오면 자네가 책임져."

편집국장이 한숨을 내쉬며 돌아가자 윤 기자님이 우리에게 한쪽 눈을 찡긋해 보였다.

"맨날 있는 일이야. 기자들은 진실을 한 줄이라도 더 보도하려 하고, 편집국장하고 총독부는 진실을 한 줄이라도 더 빼려고 하지."

"네에."

우리는 얼떨떨한 채로 대답했다. 어쨌든 상사인 편집국장의 압력도 거뜬히 물리쳐 버리는 윤 기자님이 내 눈에는 너무너무 멋져 보였다.

거칠고 낯선 곳

학교 현관에서 신발을 갈아 신고 복도로 들어서는데 맞은편에서 금선이가 달려왔다.

"신혜인, 지금 오는 거야?"

"금선아 잘 지냈니? 진짜진짜 보고 싶었어."

나는 두 팔을 활짝 벌려 금선을 꼭 껴안았다.

"에구구, 오빠 하숙집에서도 봤잖아."

"아참, 그랬구나. 내 정신 좀 봐. 기숙사에선 별일 없었지?"

"응. 리코 선생이 어제부터 잔뜩 풀이 죽었더라……. 안절부절
못하는 것도 같고."

"잘리게 돼서 그러나 보네. 우리 학교에서 잘리면 일본으로 가
겠지? 진짜 조선 땅에서 사라져 줬으면 좋겠어. 선생 자격도 없는
인간 같으니."

나는 기분이 좋아 금선과 팔짱을 낀 채 교실로 갔다. 겨우 열흘쯤 못 왔을 뿐인데도 모든 게 새로워 보였다. 책상도, 걸상도, 동무들도……. 흑판 위에 걸린 일본 천황 사진과 일장기만 눈에 거슬렸을 뿐. 동맹 휴학 기간 동안 나는 교실과 기숙사가 무척 그리웠다. 하루 스물네 시간을 꼬박 몸담았던 정든 보금자리이자 보람찬 배움터였으니 그럴 만도 했다.

그래서 맹휴 기간이 너무 길어지면 어쩌나 걱정했는데 다행히 학교 측은 생각보다 빨리 흰 깃발을 들었다. 맹휴가 시작된 지 일주일 만에 우리의 요구 조건을 들어주겠다며 등교령을 내린 것이다. 학부형회가 성명서를 발표해 학교를 압박하고, 경성에서 발행되는 모든 신문에 우리 학교 맹휴 소식이 보도된 덕분이었다.

기숙사에 있는 학우들에게는 리코 선생이 등교령을 전달했지만, 나처럼 집에 머무는 학우들에게는 비상 연락망을 통해 연락이 왔다. 내게 내려졌던 정학 조치도 해제된 상태였다.

'요시다 학감하고 리코 선생이 물러난다니, 학교생활이 예전처럼 재미있겠지? 조선인 선생님들도 다시 많아지면 좋겠다.'

이렇게 생각하며 걸상에 앉아 책보를 끌렀다. 애리도 때맞춰 들어왔다.

그때 급장이 오더니 모두 운동장에 집합하라고 했다. 임시 조회를 한다는 것이었다. 운동장으로 나가니 교장 선생님과 요시다 학감을 비롯한 선생님들은 벌써 연단 위에 모여 서 있었다. 전교생이 얼추 다 모이자 교무 주임의 구령에 따라 의례가 진행되었다. 임시 조회라 복잡한 의례는 생략됐고, 곧장 교장 선생님이 연탁 앞에서 연설을 하기 시작했다.

"친애하는 은명여고보 학생 여러분, 안녕하십니까? 오랜만에 모두 얼굴을 보게 돼 반갑습니다. 우선 본 교장은 뜻하지 않은 일로 우리 학생들과 학교가 갈등을 빚어 세간의 주목을 받게 된 것을 심히 가슴 아프게 생각하며……."

교장 선생님 얼굴은 파리했고 목소리도 왠지 힘이 없었다. 그런데 이어지는 얘기가 귀를 의심할 만큼 이상했다.

"등교령에 따라 여러분이 등교했지만 유감스럽게도 학교 측은 여러분의 요구 조건을 수용할 뜻이 없습니다. 학생들의 본분은 공부를 열심히 하는 것입니다. 그러므로 우리 은명 학생들은 일체의 동요 없이 차분히 수업에 임하여 학생의 본분을 다해 줄 것을 요청……."

운동장이 소란해졌다.

"뭐라는 거야? 알린 내용하고 다른 얘기잖아?"

"말을 뒤집네! 우리 요구 조건을 수용 안 한다니!"

"세상에, 거짓말을 한 거야?"

대오는 순식간에 흐트러지고 여기저기서 격앙된 목소리가 튀어나왔다. 그때 교무 주임이 종이쪽지 같은 걸 들고 연단 앞으로 나서더니 큰 소리로 외쳤다.

110

"오늘 이 시간 이후로 은명여고보는 학생들에게 다음과 같은 뜻을 분명히 하는 바이다. 일, 학교는 요시다 아키오 학감과 마쓰이 리코 선생을 사직시킬 의사가 전혀 없다. 이, 교직원의 진퇴 문제는 학교 재단에서 자주적으로 처리할 문제이므로 학생과 학부형은 해당 사안을 재단에 맡김이 마땅하다. 삼, 차별적 대우는 학교 측에서도 엄중히 경계해 온 바, 재봉 선생을 조선인으로 한정하거나 조선인 교사를 늘리는 것이야말로 일선 차별에 해당하므로 학부형과 학생들은 양해하기 바란다."

미자 언니가 앞으로 뛰어나가 소리쳤다.

"그럼 등교령은 왜 내렸습니까? 우리 조건을 다 수용한다고 했잖아요? 그래서 학교에 왔는데, 학생들을 우롱하는 겁니까?"

음전 언니도 달려 나가 격앙된 목소리로 말했다.

"맞습니다. 학교에서 학생들한테 거짓말을 하면 됩니까!"

약속이나 한 듯 학우들이 줄줄이 앞으로 나가 미자 언니와 음전 언니 뒤에 섰다. 애리와 나도 앞으로 뛰어 나갔다. 그러자 우리를 향해 요시다 학감이 소리쳤다.

"오해하지 마라! 학교는 학생들의 요구 조건을 수용하고자 등교령을 내렸다. 그런데 오늘 아침 갑자기 총독부가 불허하는 바람에 이렇게 된 것이다."

여기저기서 원성이 터져 나왔다.

"어쨌든 거짓말이야! 더 이상 이러고 있을 필요가 없다고! 우리 다시 맹휴를 하자!"

"맞아! 다시 맹휴하는 수밖에 없어!"

그때 교문 쪽에서 요란한 소리가 나더니 기마경찰과 트럭 한 대가 흙먼지를 일으키며 운동장으로 들어왔다. 이어 순사들이 우르르 내리더니 연단 앞으로 나온 학우들을 마구잡이로 붙잡아 트럭에 짐짝처럼 밀어 넣었다. 애리와 나도 함께 트럭 안에 처박혔다.

"뭐예욧! 왜 이래요?"

"엄마앗! 이거 놔요!"

학우들은 놀라 소리치고 운동장은 아수라장이 되어 버렸다. 은봉 선생님과 동렬 선생님이 연단에서 뛰어내려와 소리쳤다.

"무슨 짓입니까? 학생들을 왜 잡아가요! 얘들아 내려!"

우리가 내리려 했지만 순사들이 트럭을 막아섰다.

"종로서에서 나왔소. 불령선인 학생들을 잡아들이라는 총독부 지시요!"

순사 하나가 사납게 소리치자 두 선생님이 동시에 목소리를 높였다.

"불령선인이라니요! 등교령에 따라 등교한 학생들이오!"

"불법 연행을 당장 중단하시오!"

두 선생님이 성난 얼굴로 트럭 앞을 막아섰다. 뒤에 있던 학우들도 달려와 선생님들 뒤에 섰다. 하지만 우리를 태운 트럭은 요란한 경적을 울리며 출발해 버렸고, 선생님들과 학우들은 옆으로 피할 수밖에 없었다.

　트럭에 짐짝처럼, 마소처럼 실린 채 우리는 종로서로 끌려갔다. 모두 불안하고 초조한 눈빛이었다.

　어느새 2층짜리 석조 건물 위에 있는 원통형 시계탑이 눈에 들어왔다. 시계탑 위 높은 깃대에는 일장기가 펄럭거렸다. 그걸 보자 저절로 몸이 움츠러들었다. 고만고만한 단층 건물들만 있는 종로통에서 높다랗게 우뚝 솟은 시계탑은 다분히 위협적이었다. 그 시계탑 아래 있는 석조 건물이 바로 종로 경찰서다.

　언제나 밝던 애리의 얼굴에도 긴장감이 역력했다. 미자 언니와 음전 언니는 입술을 꾹 다문 채 먼산바라기만 했다.

　하긴 종로서가 어떤 곳인지 조선 사람이라면 다 안다. 한번 끌려가면 성한 몸으로는 못 나온다는 그곳. 그렇기에 멀찌감치 종로서 시계탑만 보여도 오금이 저리고 가슴이 벌렁거린다는 이가 적지 않다. 지난번에 은봉 선생님이 종로서에 연행됐다는 소식을 듣고 다들 걱정했던 것도 그런 까닭이다.

　종로서 가까이 오자 건물 벽에 둘러쳐진 현수막이 자세히 보였다. 하얀 광목천에 빨간 글씨로 적힌 '內鮮一體(내선일체)' '皇道精神 涵養(황도정신 함양)' 따위의 글귀가 섬뜩하게 느껴졌다, 총검을 치켜든 채 정문을 지키는 순사들의 모습도 살벌하게만 보였다.

　이윽고 트럭이 종로서 정문 앞에 멈춰 섰다. 앞자리에 탄 순사가 먼저 내리더니 서슬 퍼런 얼굴로 소리쳤다.

"야! 내려! 빨랑빨랑 내리라고!"

우리가 우르르 내리자 이번엔 순사들이 등을 마구 떠밀며 안으로 들어가라고 윽박질렀다. 바로 그때 지프차 한 대가 와서 우리 앞에 급히 정차했다. 차에서 내린 사람은 나은봉, 류동렬 두 선생님이었다. 은봉 선생님이 먼저 우리에게 소리쳤다.

"얘들아, 선생님이랑 들어가자!"

하지만 전봇대처럼 키가 크고 말라빠진 젊은 순사가 은봉 선생님 앞을 막아서며 곤봉을 휘둘러 댔다.

"선생? 선생들은 못 들어가요!"

동렬 선생님이 순사를 노려보며 엄히 말했다.

"제자들만 들여보낼 순 없소. 우리도 따라 들어가겠소."

"쳇! 참스승 나셨네, 참스승."

전봇대 순사가 콧방귀를 뀌더니 다른 순사들에게 눈짓했다. 순사들은 일제히 달려들어 동렬 선생님을 홱 밀쳤고, 선생님은 그만 땅바닥에 나가떨어지고 말았다.

"선생님, 괜찮으세요?"

"어마앗!"

우리가 아우성쳤지만 순사들은 출입문 안으로 우리를 쑤셔 넣어 버렸다. 출입문을 사이에 둔 채 우리는 두 선생님과 멀어졌고, 두 패로 갈린 채 유치장에 나뉘어 수감됐다.

유치장 철문이 철커덩 닫히고 밖에서 빗장이 걸렸다. 그나마 다행인 건 끌려온 학우들 중 나하고 애리, 미자 언니, 음전 언니가 같은 방에 배치된 것이다. 좁다랗고 음습한 방에는 이미 남녀노소 열댓 명이 갇혀 있었다.

"우리를 왜 잡아넣은 거야? 적반하장도 유분수지."

미자 언니가 분개하자 음전 언니가 손가락을 입술에 댔다.

"쉿, 목소리 낮춰. 너무 걱정은 말고. 설마하니 우리를 어쩌겠니? 고작 맹휴 밖에 안 했는데."

"그러니까요. 근데 살짝 겁나요. 경찰서는 처음이라."

애리가 불안한 얼굴로 대답했다. 나도 바짝 겁이 났다.

잠시 후 젊은 순사가 와서 나오라는 손짓을 했다. 우리는 머뭇머뭇 따라 나가 각자 다른 취조실로 끌려갔다. 나는 조선인인 김 순사라는 사람한테 맡겨졌다. 삼십 대 중반쯤으로 보였는데 얼굴이 하얗고 순하게 생긴 사람이었다. 다만 흰 와이셔츠와 가죽조끼, 빳빳하게 각이 잡힌 양복바지를 입고, 머리에 도리우찌*를 쓴 채 긴 가죽 장화까지 신은 모습이 영락없는 일본인으로 보였다.

"주소, 성명!"

네모난 탁자를 앞에 두고 마주 앉자 김 순사가 눈동자를 희번덕거리며 소리쳤다. 섬뜩한 느낌의 취조실과 김 순사의 고압적인

---

* 도리우찌: 챙이 짧고 덮개가 둥글넓적한 모양의 모자.

태도에 겁이 났지만 나는 주눅 들지 않으려 일부러 등을 꼿꼿이 세우고 대답했다.

"경성부 창신동 ××번지…… 신혜인."

"학교, 학년, 반!"

"은명여자고등보통학교 2학년 1반."

내가 따박따박 대답하자 김 순사가 나를 꼬나보았다.

"아이고, 귀 따가워라. 이년아, 목소리 좀 낮춰. 그라고 좀 빨리 끝내자, 응? 이왕인지 저왕인지 뒤진 뒤로 쉰 적이 없어서 내가 아주 죽을 맛이거든. 일단 맹휴 주동자하고 배후부터 불어."

"주동자 없이 다 같이 했어요. 배후는 당연히 없고요."

김 순사가 책상을 쾅 내리쳤다.

"쌍년이! 야, 대라면 대! 빨리 불라고!"

"왜 욕을 해요! 그리고 누구를 대라고요!"

"맹휴를 주도한 자! 맹휴를 부추긴 불온 세력! 선배든, 선생이든, 외부 세력이든 맹휴하라고 부추긴 연놈이 있을 거 아냐!"

"없어요. 내가 하고 싶어 했다고요! 일본인 선생들이 하도 못살게 굴어서 한 거라고요!"

내가 쏘아붙이자 김 순사가 내 이마를 손가락으로 툭툭 치며 낄낄거렸다.

"어쭈, 이년 봐라. 대일본제국 경찰 무서운지 모르고 깝치네. 야, 그럼 네가 주동자 할래? 다 뒤집어쓸래? 네년 따위, 사흘 밤낮

잠 안 재우고 물 한 모금 안 주고 고춧가루 물 팍팍 멕여서 천장에 거꾸로 대롱대롱 매달아 놓으면 있는 이름 없는 이름 다 불게 돼 있거든. 누가 이기나 해 볼래? 손톱 발톱에 생니 뽑힐 때까지 버텨 볼래?"

말 한 마디 한 마디가 험악했지만, 나는 김 순사를 똑바로 보며 대꾸했다.

"없다고요. 주동한 사람도 없고 부추긴 사람도 없다고요!"

김 순사가 내 뺨을 짝, 하고 후려갈겼다.

"이년이! 어따 대고 포악질이야!"

"왜 때려요! 곧이곧대로 말했는데 왜요! 불 게 없는 데 뭘 불라고요!"

"야! 팔자 좋아 여학교까지 갔으면 공부나 해! 네깟 것들이 동맹 휴학이니 뭐니 헛짓거리를 해 대니까 순사질 하기가 힘들잖아! 그냥 납작 엎드려 살라고! 조선은 끝났으니 일본 사람입네, 하고 살라고! 맹휴고 뭐고 지랄 떨지 말고!"

침방울까지 마구 튀겨 대며 김 순사가 나를 윽박질렀다. 그럴수록 겁이 나기는커녕 이상하게 오기가 생겼다.

"같은 조선인한테 왜 이렇게 못살게 굴어요? 그렇게 살면 찔리지도 않아요?"

김 순사의 얼굴이 잔뜩 일그러지는 순간, 누군가가 똑똑 취조실 문을 두드렸다.

이제 와서 핏줄?

"누구얏!"

김 순사가 이맛살을 찌푸리며 소리쳤다. 그런데 고개를 들이민 사람은 뜻밖에도 윤 기자님이었다. 너무 반가웠지만 나는 모른 척했다. 윤 기자님도 마찬가지였다.

"윤 기자가 웬일이오?"

김 순사가 못마땅한 듯 말했지만 윤 기자님은 능청을 떨며 안으로 들어왔다.

"허 참, 기자질 해서 먹고 사는 사람이 꼭 일이 있어야 오오? 종로서 이 방 저 방 기웃거리는 게 내 일 아니오?"

김 순사가 짜증을 부렸다.

"이 방 저 방 다니는 것도 적당히 해야지. 취조실은 함부로 출입하지 말랬잖소!"

"그랬었나? 깜빡 잊었네. 은명 여학생들이 끌려왔다니 걱정이 돼서 와 봤지. 아니, 잘못도 없는 은명 여학생들을 왜 잡아들이고 난리요?"

"몰라서 물어? 아, 윤 기자가 특종 터뜨리는 바람에 이년들이 기세등등 날뛰잖아. 제발 쓰레기 기사 고만 쓰고 제대로 된 기사나 좀 쓰라고요. 응?"

그때 웬 더벅머리 소년이 들어와 말했다. 꾀죄죄한 조선옷을 입은 걸 보니 종로서에서 잔심부름하는 사환 같았다.

"김 순사님, 총독부 학무국장님이 오셨습니다. 잠깐 보자고 하십니다."

김 순사가 귀찮은 표정을 지으며 자리에서 일어났다.

"신 국장? 그 양반은 또 왜? 윤 기자는 그만 가 보시고, 신혜 인 년 얌전히 기다리고 있어!"

더벅머리 소년을 따라 김 순사가 나가자 윤 기자님이 문밖을 살피며 혼잣말을 했다.

"학무국장? 은명 맹휴 때문에 왔나?"

그러더니 취조실 문을 닫고 내게로 와서 말했다.

"괜찮아요? 소식 듣고 왔어요. 취재도 취재지만……."

나도 모르게 눈물이 훅 솟구쳤다. 취조를 당하면서 무서움을 누르고 꼿꼿이 버텼는데, 윤 기자님의 다정한 말 한마디에 그만 설움이 폭발해 확 풀려 버린 것이다. 하지만 나는 얼른 눈물을 닦고 코맹맹이 소리로 말했다.

"저는 괜찮아요. 근데 이모한테는 몰라도 어머니한텐 오늘 일은 비밀로 해 주세요."

"당연하지. 어머니 아셔 봤자 걱정만 하실 테니 함구할게요. 여기 오래 있지는 않을 거니까 너무 염려 말고. 그리고 좋은 소식 하나 가져왔어."

"네? 무슨 소식인데요?"

"은명 학부형회가 다시 들고 일어섰어. 학생들이 종로서에 잡혀 왔다는 소식을 듣고 그새 백 명이나 모여 결의문을 발표했다니까."

"무슨 내용인데요?"

"이거야. 좀 볼래요?"

윤 기자님이 건네준 건 네모나게 접은 학부형 결의문이었다. 훑어보니 내용은 네 가지였다. 학생들의 요구를 들어준다며 등교령을 내린 후 학생들이 등교하자 태도를 바꾼 까닭을 밝힐 것, 은명 맹휴의 원인이 일본인 교원의 자질 및 수업 방식에 대한 학생들의 불만에서 비롯된 것임을 인지할 것, 앞으로 학부형회는 학교 측을 지속적으로 관찰하고 감시할 것, 학교 측이 종로서와 합세해 학생들을 종로서로 연행 유치한 사실을 사회에 공표할 것.

학부형회의 안타까움이 전해지면서도 사뭇 걱정이 됐다.

"이게 정말로 도움이 될까요? 우리가 종로서에서 금방 나가고,

맹휴도 성공할 수 있을까요?"

윤 기자님이 고개를 주억거렸다.

"당연하지. 이 기사가 나가면 은명 학생들을 종로서에 오래 잡아 두진 못해. 그러면 당연히 맹휴도 성공적으로 끝날 확률이 높고. 조금만 참고 기다려요."

"네. 근데 김 순사가 자꾸 배후를 불라고 다그쳐요. 어떡하죠?"

"취조할 때 상습적으로 묻는 거야. 배후가 없는데 어떻게 불어? 너무 겁먹지 말고 힘내요."

"네, 알겠습니다. 고맙습니다."

그때 김 순사가 문을 벌컥 열고는 웬 중년 남자와 함께 들어섰다. 관공서 복장을 한 말끔한 남자였는데 일본인인지 조선인인지 분간이 가지 않았다.

"여태 안 가고 뭐하쇼? 그만 좀 나가시지."

김 순사가 윤 기자님을 재촉하는데, 중년 남자가 알은체를 했다.

"윤 기자님, 여기서 보는구려?"

"아, 신 국장님. 웬일이십니까?"

그러자 김 순사가 윤 기자님의 등을 떠밀었다.

"우리는 그만 나갑시다. 국장님이 신혜인하고 할 이야기가 있으시답니다."

"그래요? 알겠어요."

윤 기자님이 의아해하며 김 순사한테 떠밀려 취조실을 나갔다.

취조실 문이 밖에서 쾅 닫혔다.

눈앞의 중년 남자가 총독부 학무국장인 신 국장이란 사람이라는 걸 나는 그제야 알아챘다. 왜냐하면 더벅머리 사환이 '총독부 학무국장님'이 왔다고 했고, 김 순사는 '신 국장'이냐고 되물었으며, 윤 기자님까지 알은체했으니까. 여학교에서 맹휴가 벌어졌으니 총독부 학무국 소관일 수 있겠다 싶으면서도, 고위 관리가 학생들을 직접 면담할 정도로 우리 학교 맹휴가 대단한 사안인가 하는 의문도 들었다. 3, 4학년 언니들도 있는데 굳이 나를 찾아온 이유도 궁금했다.

그런데 신 국장이 내 맞은편에 앉더니 다짜고짜 말했다.

"혜인아, 아비다. 이런 데서 만나 유감이구나."

나는 탁자 위에 놓아뒀던 손을 탁 떨어뜨렸다.

'뭐, 아버지?'

망치로 뒤통수를 맞은 듯한 충격이 온몸을 강타했다.

'아버지라는 사람이 총독부 학무국장이었어? 일본에 빌붙어 사는 사람이었어?'

신 국장의 얼굴 위로 조바위 여인의 모습이 겹쳐졌다. 그 여자가 어머니와 이모, 그리고 나에게 퍼부었던 말도 귓전을 생생하게 스쳤다.

'네가 딸년이로구나. 개명 천지 하더니 세상 좋아졌어. 퇴기 딸년이 여학교를 다 다니고. 권번이 딱인데.'

'동경 유학 다녀왔다는 여의사? 차림새로는 삼패 기생인지 발랑 까진 모던 걸인지 분간이 안 가네. 암튼 들은 것하곤 다르니 내 다시 알아봄세. 거짓이면 가만 안 둘 테니 두고 보라고!'

신 국장과 내가 한 핏줄이라는 사실이 너무 수치스러웠다.

"아버지라뇨? 나한테는 아버지가 없는데요."

신 국장의 눈빛이 흔들렸고 그럴수록 나는 그를 힘껏 쏘아보았다. 신 국장이 입술을 꾹 다물었다가 다시 열었다.

"미안하다. 네가 그리 말하는 것도 이해된다. 다만 지금은 너를 위해 온 거니 다른 생각은 말아 다오."

"나를 위해서 왔다고요? 새삼스럽게 왜요?"

"네 어미가 급히 전화를 해서 부탁하더구나. 종로서에 네가 끌려갔는데 제발 빼내 달라고. 차마 모른 척할 수가 없었다. 내 처가 너희 집에 찾아갔던 것도 알고 있다. 그 일은 내가 대신 사과하마."

가슴이 철렁했다.

'윤 기자님은 내가 종로서에 잡혀 온 걸 어머니가 모른다고 했는데……. 어머니는 어떻게 내 소식을 알았을까. 얼마나 걱정이 컸으면 인연 끊고 산 사람한테 전화해 부탁했을까.'

내 속을 알 리 없는 신 국장은 계속 채근만 했다.

"지금이라도 맹휴에서 발을 빼겠다고 약속하면 당장 여기서 꺼내 주마. 어머니 걱정시켜 가면서 이런 일에 앞장서는 까닭이 무어냐? 조선은 일본으로부터 해방될 수 없다. 이런 투쟁, 다 부질 없다. 그러니 아비 손 잡고 여길 나가자."

신 국장은 이러면서 내 손을 잡았다. 나는 그 손을 탁 뿌리쳤다.

"이제 와서 웬 아버지 행세예요? 난 아버지 없다고요! 그리고 조선이 일본에게서 영원히 해방될 수 없다는 걸 어찌 장담해요? 일본에 붙어먹고 사는 몸이라 조선이 영영 그러길 바라나 보죠?"

"너보다는 세상을 많이 살았기에 하는 말이다. 아비가 되어 내 핏줄 다치는 것만큼 아픈 일이 어디 있겠니? 무엇보다도 네 어미가 걱정하니 그만두라는 게다."

"어이가 없어서. 지금 핏줄 타령이 당기나 해요? 무슨 자격으로 어머니랑 나를 걱정해요? 상관 말고 가라고요!"

"이러다 네가 다치기라도 하면 네 어미는 어떻겠니? 너 하나 믿고 살아온 사람이다."

자꾸만 어머니를 들먹이는 게 너무 화가 났다. 나는 악다구니를 쳤다.

"됐다고요! 당신이 뭔데 어머니 얘기를 해요? 당신 없이도 어머니랑 나, 잘 살아왔다고요. 나한테는 아버지라는 존재 자체가 없으니 내 일, 우리 일에 끼어들지 말라고요!"

신 국장이 나를 물끄러미 보더니 고개를 저었다.

"성질머리가 여간 아니구나. 일단 지금은 그냥 가마. 혹시라도 생각이 바뀌거든 김 순사한테 말하거라. 나한테 곧장 연결될 테니까."

이러고서 그는 취조실을 나가 버렸다. 온몸의 기운이 다 빠져나간 듯 허탈하고 헛헛했다. 이대로 영영 세상에서 사라져 버리고 싶었다. 김 순사까지 들어와 멋대로 비아냥거렸다.

"이야! 신혜인, 신 국장 딸이었어? 첩년이 낳은 딸? 대단한 핏줄에 야릇한 부녀 관계네. 아비는 총독부 국장, 딸년은 항일 맹휴 주동자. 재밌지 않아? 아무튼, 나왓!"

나는 허우적허우적 취조실을 나와 김 순사 뒤를 따랐다. 다리가 풀렸는지, 걷는 것조차 힘이 들었다. 유치장으로 돌아오니 취조실로 끌려갔던 애리와 두 언니도 돌아와 있었다. 나는 바닥에 풀썩 주저앉았다.

"혜인아! 왜 이래? 어디 아파?"

애리가 소리치며 나를 살폈다. 음전 언니와 미자 언니도 놀라 물었다.

"얼굴이 왜 이리 창백해? 무슨 일이야?"

"아이고, 혜인아 괜찮니?"

나는 말없이 유치장 벽에 몸을 기댄 채 눈을 감았다. 이대로 죽고만 싶었다. 그러면 더러운 꼴을 더는 안 봐도 될 테니. 음전 언니가 곁에서 나직이 말했다.

"혜인아. 지금은 힘들어도 나중엔 말해 다오. 우린 동지잖아. 무슨 일이 있는지 서로 알아야지."

미자 언니도 다정한 목소리로 거들었다.

"그래, 우리끼리 못 할 말이 뭐가 있어."

애리는 그저 말없이 내 어깨를 껴안아 주었다. 그때 갑자기 거센 빗줄기 소리가 들창을 두드렸다.

"비가 많이 오나 보네. 여기 끌려올 때만 해도 날씨 멀쩡했는데."

애리가 말하자 음전 언니가 대꾸했다.

"멀쩡하긴. 아침부터 꾸물꾸물했어. 구름도 가득했고……."

음전 언니의 그 말이 슬퍼 나는 울음을 터뜨리고 말았다.

인간에 대한 회의

뭔가 따끔따끔한 느낌이 들어 눈을 번쩍 떴다.

"혜인아, 깼어? 얼굴 따갑겠다 싶으면서도 어쩔 도리가 있어야지. 어차피 일어날 때도 됐고."

애리 목소리가 들렸다. 가뜩이나 시야도 흐릿한데 애리가 무슨 얘기를 하는 건지도 알쏭달쏭했다. 밤새 자다 깨다를 반복해 온몸이 찌뿌드드한데다 정신도 몽롱했다.

"저거 말야, 저거."

겨우겨우 몸을 일으키는데 애리가 벽 위쪽을 가리켰다. 손바닥만 한 들창으로 햇살 줄기가 쏟아져 들어오고 있었다. 들창은 작고 비좁기 짝이 없었지만 거길 비집고 들어온 아침 햇살 줄기는 눈을 뜰 수 없을 정도로 강하고 눈부셨다. 선잠을 깨웠던 환한 것의 정체도, 애리의 말도 그제야 알 것 같았다. 우리 말소리에 잠이

깬 듯, 옹크린 채 자고 있던 음전 언니와 미자 언니도 부스스 일어
나 앉았다.

그때 김 순사가 유치장 문을 열고 소리쳤다.

"은명, 빨랑 다 나와! 석방이닷!"

어리둥절해하면서도 우리는 옷매무새를 가다듬으며 후닥닥 유
치장을 나왔다. 일분일초도 더 머물고 싶은 곳이 아니었다. 다른
유치장에 갇혔던 학우들도 나오고 있었다. 우리 뒤꽁무니에 대고
김 순사가 거친 욕설을 퍼부어 댔다.

"아이고, 저년들을 고이 내보내면 안 되는데. 고문실에 처박아
넣고 주리를 틀든 거꾸로 매달든 하면 줄줄이 다 불 텐데. 학부형
들이 결의문이니 뭐네 하면서 하루가 멀다 하고 들쑤셔 대니 총
독부인들 견딜 수가 있나."

엊그제 종로서에 끌려왔을 때, 은봉 선생님을 막아섰던 전봇대
같은 순사도 욕지거리를 했다.

"근우회*하고 은명 동창회까지 성명을 발표하고 난리를 피웠잖
아요. 이왕 장례기간이라 비상인데 저년들 때문에 더 시끄러워지
면 안 되니까 할 수 없이 내보내는 거쥬."

연행된 지 사흘 만에 풀려나기는 했어도, 뭐가 어떻게 된 건지
는 알 수 없었다. 종로서에서 석방만 된 건지, 우리가 요구했던 맹

----

* 근우회 : 일제 강점기에 여성의 지위 향상과 항일 구국 운동을 위하여 결성한 단체. 실제로는
1927년에 발족했으나 이 작품에서는 1926년에도 존재했던 것으로 설정했다.

휴 조건은 관철된 건지 아닌지…….

그런데 종로서 현관을 나서니 교무 주임이 우리를 떡하니 기다리고 있었다. 제자들이 경찰서에 갇혀 있다가 나왔으면 빈말로라도 고생했다고 해야 하련만, 그는 엉뚱한 소리부터 했다.

"등교령을 고지하러 왔다. 모두 똑똑히 듣도록! 너희로 인해 은명의 명예가 실추됐음에도 불구하고 학교는 크나큰 아량으로 어떠한 불이익도 주지 않고 맹휴 참가자들을 감싸 안고 가기로 했다. 이러한 조치에 감사하고, 한 사람도 빠짐없이 모레 금요일부터 등교하도록! 단, 등교하지 않는 자는 학교를 다닐 의사가 없는 것으로 간주하고 즉각 자퇴 처리할 것이다."

미리 달달 외워 오기라도 한 듯 교무 주임은 거침없이 말했다.

"뭔 말이여? 등교하지 않으면 자퇴 처리?"

"그럼 우리 요구 조건은 어떻게 되는 거지?"

모두 고개를 갸우뚱하는데 음전 언니가 나섰다.

"저희가 내건 요구 조건은요? 등교령을 내렸으니 저희 요구 조건도 다 수용한다는 뜻인가요?"

"무슨 소리야! 그저께 교장 선생님이 요구 조건을 수용 못 한다고 한 거 못 들었나! 아무튼, 모레까지 등교하지 않는 자는 즉각 자퇴 처리할 테니 명심하도록!"

이렇게 엄포를 놓고 교무 주임은 돌아가 버렸다.

"학교는 변한 게 없네요. 경찰서에서 석방은 하되, 등교하지 않으면 퇴학시킨다고 협박하는 거잖아요."

"맞아. 그게 핵심이야. 요시다 학감도, 리코 선생도 물러나지 않 겠다는 거지."

"그럼 어떡하죠? 휴우."

학우들이 한숨을 내쉬는데 미자 언니가 말했다.

"일단 기숙사로 가요. 거기서 머리를 맞대고 등교를 할지, 다시 맹휴를 할지 결정하죠."

"그래요! 일단 기숙사로!"

그러고 보니 종로서에 연행된 학우들은 모두 기숙사에 머무는 사생들이었다. 우리는 결연한 표정으로 학교로 향했다.

사흘 만에 찾은 오월 중순의 교정은 평화롭고 푸르렀다. 그끄 제 기마경찰이 말발굽 소리를 내며 들이닥치고, 동맹 휴학을 외 치던 학우들이 짐짝처럼 트럭에 실려 나갔던 그 교정이 아니었 다. 학교의 주인인 우리가 어떤 핍박을 받고 있는지 분명 알고 있 으련만, 나무들은 초록으로 물드는 것만이 저희 일이라는 듯 그 저 푸르고 싱그럽기만 했다.

교정을 걸어 들어가는 내 마음은 너무나 무겁고 착잡했다. 작 년만 해도 이렇게 아름답고 싱그러운 오월의 교정에서 맘껏 공부 하고 동무들과 재재거리며 즐거웠는데. 아니, 요시다 학감과 리코 선생이 오기 전만 해도 우리는 조선 땅에서 축복받은 소녀들 축에 속했는데, 지금은 못된 일본인 선생들에게 수모를 당하고, 핍박을 받고, 경찰서 유치장에 갇히기까지 했다고 생각하니 너무 화가 나고 속상했다.

언니들도, 애리도, 다른 학우들도 같은 생각인지 모두 말이 없었다. 어쨌든 우리는 운동장을 가로질러 교실 쪽으로 향했다. 기숙사로 가더라도 교실 옆을 지나쳐야만 하니 다른 길이란 없었다. 수업 중인지 교실 쪽에선 선생님과 학우들 목소리가 잇달아 들려왔다.

그때 리코 선생이 나은봉 선생님 부축을 받으며 돌계단을 내려왔다. 어디가 아프기라도 한 건지, 혈색이 안 좋고 허리도 구부정했다. 마침 다른 여자 선생님이 뛰어와 은봉 선생님 대신 리코 선생을 부축했다.

"제가 모시고 갈 테니 나 선생님은 기숙사 들어가세요."

"예. 그럼 리코 선생님, 학교 일은 걱정 말고 얼른 나아서 돌아오셔요."

은봉 선생님이 말하자 리코 선생이 다 죽어 가는 목소리로 대답했다.

"고마워요. 중요한 때라 내가 기숙사를 지켜야 하는데 몸이 이래서……. 잘 부탁해요."

하지만 우리를 보자마자 없던 힘도 샘솟는지 리코 선생이 칼날을 장전한 말투로 빈정거렸다.

"골칫덩이들 왔네. 내가 너희 땜에 속이 썩어서 골병이 다 들었
어. 오죽하면 병원에 입원을 하겠니?"

은봉 선생님이 리코 선생을 구슬렸다.

"아이고, 선생님. 병원이나 가세요. 몸도 안 좋은데 며칠만이라
도 학교 일은 싹 잊으세요."

리코 선생은 벌컥 화를 냈다.

"내가 잊게 생겼어요? 얘네 아니면 병날 일도 없어요. 은명 오
기 전만 해도 누구보다 건강했다고요!"

그러더니 잘 걸렸다는 듯 멋대로 퍼붓기 시작했다.

"너희, 착각하는 모양인데 맹휴는 절대 성공 못 해. 지금이야 이
왕 장례 기간이니 민심 눈치 보느라 종로서에서도 금방 풀어 주
고, 민애리 아버지도 힘을 써 줬지만 앞으론 안 봐준다고. 다친 다
음에 후회 말고 미리미리 명심들 해라."

어이없는 협박에 픽 웃음이 나왔다. 그러자 리코 선생이 눈에
쌍심지를 켜고 나를 공격했다.

"웃어? 퇴기 딸년 주제에? 너야말로 웃기더라. 총독부 학무국
장 딸이라며? 에미는 퇴기, 애비는 총독부 고관? 참, 네 팔자도 고
약하다."

"선생님! 말씀이 지나칩니다! 그만하세요!"

"지나치긴요. 사실을 말하는 것뿐인데요?"

은봉 선생님이 팔을 잡으며 제지했지만 리코 선생은 그 팔을

뿌리치며 표독스레 쏘아붙였다.

정말이지 발끝에서 머리끝까지 피가 거꾸로 솟는 듯했다. 나는 종로서 취조실에서 아버지를 만났다는 얘기를 아무한테도 하지 않았다. 언니들이랑 애리가 뭐든 속 시원히 털어놓으라고 했지만 차마 그 얘기만은 할 수 없었다. 아버지라는 사람이 어머니와 나를 헌신짝처럼 버린 것으로도 모자라 일본에 빌붙어 사는 꼴이 너무 부끄러워서. 그런 사람이 핏줄을 내세워 나를 회유하러 온 게 끔찍하리만치 싫어서.

그런데 리코 선생이 내 비밀 하나를 또 한 번 폭로해 버린 거다. 세상 누구도 끝내 몰랐으면 했던 비밀을……. 나는 리코 선생에게 따져 물었다.

"나하고 원수졌어요? 왜 이러는데요? 왜 계속 내 가정사를 멋대로 폭로해요?"

리코 선생은 빈정거림을 멈추지 않았다.

"정학을 당하고도 정신을 못 차렸구나! 학생의 가정사를 조사하는 건 선생으로서의 의무야! 특히 너 같은 불령선인의 가정사는 더 시시콜콜 알아야 할 의무가 있다고. 왜냐, 맹휴 같은 막돼먹은 짓거리를 하는 애들은 십중팔구 불량 가정 아이들이거든."

"누가 불령선인이고, 누가 불량 가정 아이예요! 기준이 뭐냐고요! 당신네가 멋대로 만든 기준이잖아."

나는 악에 받쳐 울부짖었다. 눈물이 쏟아지고 울분이 차올라

말이 제대로 나오지도 않았지만.

"혜인아, 그만해! 얘들아, 혜인이 데리고 얼른 가. 선생님도 그만 하세요!"

은봉 선생님 말에 애리와 언니들이 내 팔을 잡았다. 하지만 이렇게 된 이상 고분고분 물러날 수는 없었다. 나는 애리와 언니들 팔을 뿌리치고 리코 선생 앞으로 더 바짝 다가갔다. 리코 선생도 기가 찬다는 표정으로 빈정거림을 이어갔다.

"뭘 그만해요? 하고 싶은 말 속 시원히 해야 병도 낫지. 나 선생님도 얘가 얼마나 되바라졌는지 똑똑히 보라고요. 신혜인, 그나저나 너 어쩌냐? 네 아버지가 너 빼내려고 종로서까지 찾아갔는데 네가 말을 안 듣는 바람에 목이 간당간당한가 보더라? 하긴 조선인 주제에 총독부 국장까지 꿰찼을 정도면 우리 일본에 얼마나 손을 비벼 댔겠어. 근데 딸년이라는 게 맹휴니 뭐니 하면서 설쳐 대니 그 자리가 온전하겠냐고. 암튼 너는 요주의 인물이야! 내가 병원에서 돌아오면 진짜 가만 안 둬!"

실컷 지껄이고 나서야 리코 선생은 겨우 가 버렸다. 눈물 때문에 시야가 흐릿했지만, 나는 눈알이 뚫어져라 리코 선생의 뒷모습을 노려보았다. 은봉 선생님이 나를 가만히 끌어안았다.

"혜인아, 괜찮아. 선생 자격도 없는 사람 얘기, 다 흘려버려."

언니들도 은봉 선생님과 함께 나를 안았다. 애리는 마구 씩씩거리며 분을 참지 못했다.

"저 여자 미친 거 맞죠? 선생 아니고 미친년이죠? 아프다며 뭔 기운이래? 아주 기운이 펄펄 솟는구먼."

하지만 지금 내겐 아무것도 위로가 되지 않았다. 리코 선생 못지않게 아버지란 사람에 대한 분노도 컸다.

'저 여자 말이 사실이라면 그 사람이 나를 찾아온 게 자기 자리 보전하려고 그랬다는 거잖아.'

그러잖아도 어제 좀 이상하다는 생각을 했다. 윤 기자님 말로는 내가 종로서에 잡혀 온 걸 어머니가 모른다고 했는데, 그는 어머니 부탁으로 나를 찾아왔다고 했기에.

'끝끝내 이기적이구나. 우리 모녀를 위해서가 아니라 자기를 위해서 날 찾아온 거였어.'

배신감이야 일찍이 경험했지만 인간에 대한 회의가 나를 초라하게 했다. 나는 대체 누구이며 아버지라는 사람에겐 대체 어떤 존재인지 씁쓸하기만 했다.

은봉 선생님과 언니들 품에서 몸을 빼고 돌계단을 후다닥 뛰어올랐다. 한 계단 한 계단 미친 듯이 올라가는데 눈물이 폭포처럼 쏟아져 내렸다.

"혜인아! 같이 가!"

"선생님하고 얘기 좀 하자!"

뒤에서 애리와 언니들, 은봉 선생님이 불렀지만 나는 돌계단을 내처 올라 언덕길을 달려갔다. 너무너무 가슴이 아리고 모든 게

부질없다는 생각이 들었다. 동무들도, 맹휴도, 학교도, 모든 것이
전부 다.

그날이 온다

등교령에서 못 박은 시한인 금요일이 하루 앞으로 다가왔다. 나는 계속 허우적거리고 있었다. 모든 인간은 혼자이고 그렇기에 내게는 내 인생, 어머니에겐 어머니 인생, 아버지에겐 아버지 인생이 따로 있다고 여기며 더는 상처받지 않고 싶었다. 그래도 마음이 쉽게 정리되지 않았다. 아버지가 찾아와 나를 회유하고, 내가 리코 선생한테 이런 꼴을 당했다는 걸 어머니가 알면 얼마나 속상해할까 생각하니 그것까지도 너무 쓰라렸다. 잠깐만이라도 이모를 만나 조언을 듣고 싶기도 했다. 하지만 병원에 의사가 모자라 밥 먹을 시간조차 빠듯하다는 이모를 찾아갈 수는 없었다. 내가 착 가라앉아 있으니 언니들도 애리도 말을 못 붙이고 내 눈치만 살폈다.

내일 아침에 등교를 하느냐 마느냐도 큰 문제였다. 물론 나 혼자만의 문제는 아니었다. 맹휴에 동참한 학우들의 전체 입장이 아직 정리되지 않고 있었으니까. 맹휴를 이끈 대표들이 종로서에 끌려갔다 온 터라 다들 조심스럽고 불안해 섣불리 결정을 못 내리는 것 같았다.

이 판국에 애리는 모레인 반공일 오후 3시에 기독청년회관*에서 피아노 독주회를 한다는 소식을 전했다. 물론 애리의 뜻과는 무관하게 애리 아버지가 일방적으로 계획해 열게 된 건데, 국상 중인데다 맹휴 여파로 다들 힘들어 하는 때라서 차마 우리에게 말을 못 했다고 한다. 이 와중에 독주회가 웬 말이냐, 너무 하기 싫다며 애리는 하소연을 늘어놓았다. 우리도 너무 어이가 없었지만 애리 자신이 하도 심란해하니 뭐라 할 말이 없었다.

요시다 학감은 오늘 아침 기숙사까지 찾아와 마지막 선전 포고를 하고 갔다. 내일 등교하지 않는 사람은 자퇴 의사가 있는 걸로 간주하고 즉각 자퇴 처리 할 것이며, 그렇게 되면 모레 반공일 저녁까지는 기숙사에서 짐을 빼야 한다는 것이었다. 리코 선생이 입원해서 없으니 직접 방침을 전하러 온 것 같았다.

언니들, 동무들과 진지하게 상의도 하고 싶은데 음전 언니와 미자 언니는 아침을 먹자마자 사라져 점심시간이 지나도록 돌아오지 않았다. 조금 전 상급반 언니들이 쓰는 다른 방에도 가 보았

---

* 기독청년회관: 오늘날의 서울YMCA를 일컫는 말.

지만 그곳에도 없었다. 어제도 오후에 밖에 나갔다가 취침 시간 바로 전에야 돌아왔는데 오늘은 나한테 말도 없이 외출한 걸까? 리코 선생이었다면 평일엔 쉽게 외출도 안 시켜줄 텐데 은봉 선생님이라 외출을 허락해 준 모양이었다. 애리마저 독주회를 준비한다고 엊저녁에 집에 가서 아직 오지 않은 상태였다. 금선은 맹휴 동참자가 아니니 수업하러 교실에 갔고……

마음도 답답한데 혼자 기숙사 방에 갇혀 있으려니 오만 가지 생각이 나를 괴롭혔다. 어쩌면 지금 우리가 달걀로 바위 치는 싸움을 하고 있는 건 아닐까, 조선이 일본의 지배로부터 영영 벗어나지 못한다면 이런 투쟁이 무슨 의미가 있을까, 회의감이 들기도 했다. 어머니 걱정과 아버지라는 사람에 대한 원망 때문에 머리도 돌아 버릴 것만 같았다.

어쨌든 등교 문제는 나 혼자 결정할 일은 아니기에 언니들과 애리가 돌아올 때까지 기다릴 수밖에 없었다. 마침 책꽂이에 꽂힌 『애국부인전』*이 눈에 들어왔다. 얼마 전 경성부 도서관에 『나파륜** 전사』를 반납하러 갔을 때, 은봉 선생님이 권했던 게 생각나서 빌려 온 소설이었다.

꼭 은봉 선생님 때문만이 아니라, 내게는 『나파륜 전사』보다 『애국부인전』이 더 감명 깊고 흥미진진했다. 『나파륜 전사』가 구

---

* 애국부인전: 1907년 장지연이 잔다르크 이야기를 구국 영웅에 초점을 두고 쓴 전기 소설.
** 나파륜: '나폴레옹'을 한자식으로 표현한 말.

라파 주* 법란서 국**의 남성 영웅 나파륜 이야기라면 『애국부인 전』은 여성 영웅 이야기, 즉 법란서 국의 약안아이격*** 의 이야기를 담은 책이라 같은 여성으로서 느끼는 바가 훨씬 많았기 때문이다. 그래서 처음 책장을 펼친 날, 약안이 아리안 성의 전투를 법란서의 승리로 이끈 후 다시 파리 성을 탈환하려 출정하는 장면까지 단숨에 읽어 젖혔고 뒷부분만 남겨 놓은 상태였다.

"다들 올 때까지 이 책이나 마저 읽어야겠다. 약안이 곧 파리 성을 되찾으려나?"

나는 『애국부인전』을 꺼내 들고 책갈피를 꽂아 놓은 부분을 펼쳤다.

차설. 이때는 일천사백삼십 년이라. 약안이 다시 원수가 되어 대군을 영솔하고 파리 성을 회복코자 하더니 북방을 향하여 나아갈새 이때 영국이 다시 군사를 도발하여 법국을 평정코자 하는지라. 약안이 적장과 서로 싸워 누차 영군을 파하고 점점 파리 성을 가까이 행하더니 마침 강변네 성**** 수장이 사신을 보내어 구원을 청하여 가로되,

"지금 영군 수만이 본성을 철통같이 에우고 양식의 길을 끊

* 구라파 주: 유럽을 뜻하는 한자어.
** 법란서 국: 프랑스를 뜻하는 한자어. '불란서 국' 또는 '법국'이라고도 함.
*** 약안아이격: '잔다르크'를 한자식으로 표현한 말.
**** 강변네 성: 프랑스의 '콩피에뉴 성'을 한자식으로 표현한 말.

으며 성 중에 있는 수십만 생명이 장차 물 잦은 못 가운데 고기
와 같사오니 원수는 급히 구하옵소서" 하였거늘.

뭔가 심상치 않았다. 파리 성을 되찾기는커녕 약안에게 위험
이 닥친 것만 같았다. 아니나 다를까, 읽어 내려갈수록 상황이 심
각해져서 가슴이 바작바작 타들어갔다. 결국 약안은 강변네 성의
장졸을 구하고자 성으로 들어갔지만 붙잡혀 적군의 포로가 되고,
급기야는 요술로 사람들을 혹하게 하고 세상을 패란케 한 요녀로
몰려 화형을 당하는 신세가 되고 말았다.

"어쩜 좋아. 나라를 위해 싸웠는데 이런 꼴을 당하다니."

조마조마하고 안타까웠지만 그럼에도 뒷이야기를 안 읽을 수
는 없었다. 뒷부분은 다음과 같이 이어지고 있었다.

당시에 법국 온 나라가 영국군에 압제돼 도성을 뺏기고 임금
이 도망하고 관리들이 영국에 붙어 항복했다는 것, 이에 사람들
은 기운이 상하고 마음이 재가 된 채 구차스럽게 목숨을 부지하
기 위해 노예와 우마 되기를 받아들여 나라가 점점 망해 갔다는
것, 이런 시절에 총민하고 애국심 깊은 약안이 나라를 구할 마음
을 일으켜 앞장서니 온 나라 사람이 일어나 기운을 다시 떨치고
망한 나라를 회복하고자 했다는 것, 그리하여 마침내 영국을 물
리치고 나라를 중흥하여 지구에서 일등 가는 강국이 되었으니 모
두 다 약안의 공이라는 내용이었다.

그러면서 『애국부인전』은 마지막을 이렇게 끝맺고 있었다.

　　오륙백 년을 전래하면서 법국 사람이 남녀 없이 약안의 거
룩한 공업을 기념하며 흠앙하는 것이 어찌 그렇지 아니하리오.
　　슬프다, 우리나라도 약안 같은 영웅호걸과 애국 충의의 여자
가 혹 있는가.

나는 책장을 덮고서도 너무 먹먹해 책을 가만히 가슴에 품었
다. 조선과 내가, 그리고 은명 학우들이 처한 상황이 법란서와 약
안과 비슷하다는 생각에 비감하기까지 했다.

그때 애리와 음전 언니, 미자 언니가 한꺼번에 돌아왔다.

"어떻게 셋이 같이 와요? 애리는 독주회 때문이라 쳐도, 언니들
은 어디 갔다 와요? 나만 쏙 빼놓고."

내가 타박을 놓자 음전 언니가 코를 찡긋하며 대답했다.

"미안해. 실은 어제오늘 안팎으로 중요한 논의 좀 하느라고 그
랬어. 혜인아, 우리 모레 궐기 대회 하기로 했어."

"궐기 대회요?"

"응. 학교의 잘못을 만천하에 알리고 우리의 요구 사항을 받아
들이라고 촉구하는 대회 말이야. 경정고보랑 다른 학교도 연대할
거야. 졸업생 선배들도 동참하고. 그래서 내일 등교는 안 하고, 애
리가 반공일에 청년회관에서 독주회 하는 거 알지? 거길 궐기 대

회장으로 삼을 거야."

이번엔 미자 언니가 들뜬 목소리로 말했다.

"궐기 대회까지 하면 학교도 더는 못 뻗댈 거야. 여태 동맹 휴학 결의를 학교 안에서 했지 청년회관처럼 외부에서 한 적은 없거든. 더구나 다른 학교가 연대하고 졸업생까지 동참하면 반향이 커서 학교도 두 손 들 수밖에 없어. 혜인아, 너도 할 거지?"

정말이지 놀라운 소식이었다. 궐기 대회도, 애리가 독주회장을 궐기 대회장으로 제공한다는 것도. 갑자기 가슴이 두근거리고 기운이 샘솟는 듯했다. 조금 전만 해도 비감해져서 마음이 밑바닥까지 가라앉아 있었는데……. 나는 얼른 대답했다.

"네, 당연하죠. 너무 근사한 계획이에요. 근데 어떻게 궐기 대회를 하게 됐어요?"

음전 언니가 차근차근 설명했다.

"사실 지금이 너무 중요한 시점이잖아. 근데 우리가 퇴학당할까 봐 무서워서 내일 등교해 봐. 그동안 고생한 게 물거품 될 게 뻔하잖니? 그래서 어떡하나, 다른 학교와 연대할 방법 같은 걸 고민하고 있는데 애리가 먼저 제안을 했어. 물론 우리도 처음엔 반대했지. 과연 가능할까 싶고, 애리가 위험해질 수도 있어서. 근데 자기가 포함되면 오히려 모두가 더 안전할 거라면서 얘가 계속 고집을 피우더라고."

애리가 나를 향해 고개를 끄덕였다.

"접때 너 혼자서만 정학당해서 너무 미안했거든. 우리 전체를 위해 내가 역할을 맡을 기회를 달라고 언니들을 졸랐어."

그래서 어제 오후부터 방금 전까지 상황이 아주 급박하게 돌아갔다는 얘기였다. 언니들과 애리가 은봉 선생님과 동렬 선생님을 교내에서 비밀리에 만나 논의했고, 두 선생님의 도움으로 외출해 은명 졸업생 선배들과 경정고보 등 다른 학교들까지 연대할 수 있도록 궐기 대회 계획을 착착 세웠다는 것이다. 두 선생님이 이번 사태를 계속 주시하며 어떻게든 우리를 도우려고 언니들과 계속 접촉했다는 소식도 처음 알게 됐다.

"지금까지는 우리만의 싸움이었지만 다른 학교까지 연대해 청년회관에서 궐기 대회를 하면 파장이 클 거야. 신문사들이 대서특필할 거고, 그럼 학교도 우리한테 굴복할 수밖에 없어."

음전 언니가 말하자 미자 언니가 농담을 했다.

"웃기는 건 리코 선생이 적군인 줄 알았는데 아군이더라니까. 이렇게 중요한 때에 알아서 입원까지 해 주잖아. 그 선생이 기숙사에 버티고 있었어 봐. 우리가 외출을 맘대로 할 수 있나, 선생님들하고 전략을 짤 수 있나. 지성이면 감천이란 말을 이제야 알겠어. 우리가 열심히 하니까 하늘이 도와주잖아."

우리는 한꺼번에 웃음을 터뜨렸다. 며칠 동안 정말 힘들고 우울했는데, 가슴이 뻥 뚫린 듯 몸과 마음이 다 시원했다.

이렇게 큰일을 꾀하느라 언니들과 애리가 얼마나 분주했을까 생각하니 너무 짠하고 고마웠다. 하지만 살짝 서운한 마음도 들었다. 나도 우리 학교 맹휴에 앞장섰던 주요 인물이라면 인물인데, 이런 중대사를 추진하면서 나한테는 쉬쉬했다는 것이.

"언니들이랑 애리랑 너무 고생했겠어요. 근데 왜 저는 쏙 빼놓고 했어요? 애리 너도 언질도 안 주고……. 나 혼자 어제오늘 얼마나 답답했는지 알아?"

내가 속마음을 털어놓자 음전 언니가 고개를 끄덕거렸다.

"에구, 맞아. 등교령 시한은 다가오지, 혼자 오죽 답답했겠니. 근데 혜인아, 우리는 우리대로 네 생각 하느라고 그랬어. 네가 충격적인 일을 여러 번 겪어서 너무 힘들었잖아……. 그래서 너한테 부담 주지 않고 우리가 다 계획한 다음 너한테 짠, 하면서 얘기하고 싶었어. 우리 마음 이해해 줄래?"

"진짜요? 나는 그것도 모르고……."

코끝이 시큰하며 눈시울이 뜨거워졌다. 그 깊은 속을 모르고 서운해했던 스스로가 부끄러웠다.

그때 금선이 수업을 마치고 교실에서 돌아왔다. 금선은 책보를 내려놓자마자 등교령과 관련해 우리 생각을 물었고 우리는 궐기대회 계획을 알려 주었다. 금선이 여태 맹휴에 동참하지 않았고 앞으로도 하지 않으리란 걸 알지만 마음만은 함께한다는 걸 모두 인정하기 때문이다.

"비밀인 건 알지? 청년회관에 입실할 수 있는 인원이 적어서 우

리도 대표들만 갈 거야. 독주회인 줄 알고 오는 사람들도 많을 테
니까. 그러니까 너도 구경 같은 거 올 생각 말고 비밀 단단히 지
켜."

미자 언니가 다짐을 놓자 금선이 말했다.

"비밀 지키는 거야 당연하죠. 근데 이번엔 나도 낄래요. 나도 궐
기 대회장 갈래요."

"뭔 소리야. 너는 됐어. 네가 안 해도 할 사람 쌨고, 궐기 대회장
에 들어갈 자리도 없어."

음전 언니가 말렸다. 그런데 금선은 뭔가 잠시 생각하는 눈치
더니 뜻밖의 이야기를 털어놓았다.

"언니들, 혜인아, 애리야. 놀라지 말고 내 얘기 들어 줘. 실은 나
이혼녀여요. 혼인하고 아이까지 낳았는데, 아이는 시가에 뺏기고
이혼까지 당한……. 언젠가 털어놓으려고 했는데 지금이 그때인
것 같아 얘기해요."

우리는 까무러칠 정도로 놀랐다. 그림 천재에 공부벌레인 금선
이 이혼녀라니. 게다가 아이까지 있다니! 우리는 금선에게 바짝
다가앉았고, 금선은 자기 얘기를 차분히 이어갔다.

누구나 거의 그렇듯 금선도 신랑 얼굴 한 번 못 본 채 부모가 짝
지어 준 대로 혼인을 했다고 한다. 그런데 혼인을 하자마자 남편
이라는 자가 일본 유학을 떠났고, 거기서 조선에서 유학 온 여학
생과 바람이 나면서 금선을 버렸다는 것이다. 그뿐 아니었다. 갓

돌이 지난 아들까지 시가에 뺏긴 채 이혼을 당했다는 것이다.

"이혼도 이혼이지만, 아이까지 뺏겼을 때는 정말 죽고 싶었어요. 젖먹이를 시가에서 데리고 가던 날을 생각하면 지금도 가슴이 미어져……."

금선이 울음을 삼키며 훌쩍거렸다.

"독약을 마시고 죽으려고도 했어요. 근데 내가 죽으려고 한 날, 오빠가 내려와서 나를 경성으로 데리고 온 거야. 오빠가 이러더라고요. '네가 신여성이 돼서 네 일을 찾으면 그 아픔, 그 슬픔 다 이겨 낼 수 있다. 오라비가 공부 시켜 줄 테니 경성으로 가자. 넌 보통학교 때 공부도 잘했고 그림도 잘 그리니 그림 공부를 시켜 주마. 학비는 당장은 하와이 고모가 대 줄 거고, 오라비가 고보 졸업하면 그때부턴 내가 책임지마.' 오빠의 그 말이 나를 살린 거죠."

"하와이 고모? 하와이에 이민 가셨다는 그 고모 말이니?"

내가 묻자 금선이 고개를 주억거렸다.

"응. 우리 집이 나까지 공부시킬 형편은 아니잖아. 그래서 하와이 고모가 1학년 때까지 학비를 대 주셨어. 그러다 문득 내가 장학금 타서 내 손으로 학비를 마련해야겠다는 생각이 들더라고. 그래서 악착같이 공부했고 그림도 더 열심히 그렸어. 근데 여학교에 오니 공부가 너무 재밌지 뭐니. 그래서 동경 유학 갈 꿈까지 꾸게 된 거지. 일본은 이래저래 내 원수지만 유학은 가고 싶어."

"세상에, 그랬구나. 우린 몰랐어. 얼마나 힘들었을까. 근데 참 대단하고 멋지다."

"맞아, 정말 대단하다. 금선이 너도, 석준 씨도."

음전 언니와 미자 언니가 감동한 얼굴로 말했다. 나도 마찬가지였다. 그 힘든 고비를 이겨 낸 금선도 훌륭했지만, 죽음 근처까지 간 여동생을 일으켜 세운 석준 오빠는 더 대단해 보였다.

"예. 오빠하고 고모 덕분에 저는 인생에 다른 길이 있다는 걸 알았어요. 지금은 전남편한테 고마울 정도여요. 그 사람이 나를 안 버렸으면 난 끝끝내 이런 세상을 몰랐을 테니까요. 그저 애 키우고 살림이나 하며 살았을 거잖아요."

석준 오빠 하숙집에 갔을 때 '명규'라는 사람 이야기가 나오자 금선이 질색을 했던 게 이제야 이해가 갔다. 굳이 물어보지는 않았지만 그 사람이 바로 금선의 전 남편일 것 같았다.

하지만 그럴수록 금선을 맹휴에 동참시키는 건 옳지 않은 일이었다. 맹휴가 성공을 하더라도 관비 유학생 시험을 볼 때 불이익을 당할 확률이 높기 때문이다. 나는 금선을 말렸다.

"금선아, 넌 궐기 대회에서 빠져. 안 그래도 관비 유학생 경쟁이 치열한데 맹휴를 하게 되면 분명 불이익이 있을 거야. 그동안 열심히 준비했잖아."

"혜인이 말대로 해. 궐기 대회는 우리끼리 할게."

언니들과 애리까지 말렸지만 금선은 생각을 바꾸지 않았다.

"아녜요. 이번에 안 하면 영영 후회할 거 같아 그래요. 애리는 궐기 대회 장소까지 제공하는데 어떻게 나 혼자만 강 건너 불구경해요? 나, 동경 유학 못 가도 괜찮아. 꼭 유학 가야만 신여성 되는 것도 아니니까."

한번 굳게 마음먹으면 쉽게 바꾸지 않는 성격을 알기에 우리도 금선을 더는 말리지 못했다.

그날이 왔다

궐기 대회 날, 반공일이 밝았다. 간밤에 잠을 설쳤는데도 긴장한 탓인지 아침 일찍 눈이 떠졌다. 언니들도 금선도 다른 때보다 일찍 일어났다. 애리는 독주회 준비를 핑계로 엊저녁에 집에 간 상태였다.

날씨가 화창하기를 바라며 창문을 활짝 열었다. 기대한 대로 햇살도 환하고 바람도 상큼해 기분이 좋았다. 그때 귀남이 일어나더니 울 듯 말 듯한 얼굴로 말했다.

"언니들 진짜 기숙사 나가요? 이제 못 봐요? 지금이라도 등교해요. 학교에서 봐줄지도 모르잖아. 금선 언니랑 나랑 팽개치고 나가서 얼마나 잘 사는지 두고 볼 거야, 쳇."

우리가 궐기 대회 하는 것도, 금선이 동참하는 것도 모르고 하는 소리였다. 이번 일은 워낙 중차대해서, 귀남에게는 비밀로 부친 탓이었다. 음전 언니가 시치미를 뚝 떼고 귀남을 달랬다.

"아이고, 우리 나가면 너희 둘 허전할까 봐 이러는구나. 그렇지만 우리가 뭐 영영 못 보겠니? 다시 볼 날 있을 테니 너무 서운해 마."

"애리 언니랑 혜인 언니는 경성 바닥에서 만날지 몰라도, 언니랑 미자 언니는 어떻게 보겠어요? 고향 집으로 내려갈 거 아녜요?"

입술을 삐죽이는 귀남에게 미자 언니가 너스레를 떨었다.

"당장은 안 내려가고 친척 집에 있다가 갈 거야. 금방 내려가면 부모님 놀라실 수도 있어서."

"그게 그거지 뭐. 아무튼 편지라도 해요. 나 언니들 좋아했단 말야. 너무너무 보고 싶을 거야."

귀남이 울먹울먹하더니 끝내 울음을 터뜨렸다. 나는 귀남을 꼭 안아 주었다. 아무것도 모르는 귀남이 안쓰러웠다. 한편으로는 귀남을 다시 볼 수 있을까, 오늘 이 방을 나가면 다시 돌아올 수 있을까 하는 불안감이 드는 것도 사실이었다.

어쨌든 우리는 세안을 한 후 교복으로 갈아입고 기숙사 식당으로 갔다. 귀남은 살을 뺀다며 아침을 거르고 곧장 교실로 갔다.

식당에 가니 반갑지 않은 얼굴이 우리를 맞이했다. 요시다 학감이었다. 그를 보는 순간 궐기 대회 계획이 새 나간 건 아닐까 화들짝 놀랐지만 '흥, 퇴학당한 것들이 교복은……' 이라고 중얼거리는 걸 듣고는 마음이 놓였다. 잠시 후 우리가 음식을 식기에 담아 와 자리에 앉자 요시다 학감이 날 선 얼굴로 말했다.

"지금부터 내가 하는 말을 똑똑히 듣도록! 등교령을 무시하고 어제 등교하지 않은 자들은 예고한 대로 자퇴 처리 했다. 해당자들은 금일 저녁 여섯 시까지 짐을 챙겨 기숙사를 나가도록! 이 조치를 어길 시, 여섯 시 일 분부터 인부들을 동원해 짐을 싹 뺄 것이니 추후 어떠한 군소리도 무소용임을 알린다."

아무도 대꾸하지 않고 밥만 우적우적 먹었다. 대답할 성질도 아니거니와 무엇보다 궐기 대회 얘기가 아니어서 다들 안도한 표정이었다.

할 말만 내뱉고 요시다 학감은 식당을 나갔다. 그가 간 다음 우리는 마저 식사하며 날씨 얘기나, 짐을 언제 뺄 것인지 같은 딴소리만 했다. 식당 안에 맹휴에 동참하지 않는 학우들도 있어 최대한 비밀을 유지하기 위해서였다.

식당에서 돌아온 후 금선은 수업하러 교실로 가고 나하고 음전 언니, 미자 언니만 기숙사 방에 남았다. 금선은 오전 수업을 마치는 대로 종현성당에 갔다가 대회 시간에 맞춰서 대회장으로 오기로 했다. 궐기 대회가 성공적으로 끝날 수 있게 꼭 기도를 드려야 한다는 게 금선의 생각이었다.

조금 뒤 음전 언니와 미자 언니가 교복으로 갈아입고 먼저 나갈 채비를 했다.

"혜인이 너는 청년회관에 두 시 반까지만 오면 돼. 우리는 먼저 나가서 졸업생 선배들하고 두 시 정도까지 가 있을 거야. 경정고보랑 다른 학교 학우들도 경찰이 눈치 못 채게 시간 차를 두고 올 거라니까 너무 일찍 오지는 마."

음전 언니가 어젯밤에도 했던 얘기를 또 당부했다. 안 될 줄 알면서도 나 역시 또 한 번 고집을 부려 보았다.

"나도 지금 가면 안 돼요? 오후까지 혼자 있으려면 답답해서요. 대사를 치르는데 내가 하는 일이 너무 없는 것 같기도 하고."

"네가 왜 하는 일이 없어? 성명서 낭독이 얼마나 중요한데. 너는 그 낭랑한 목소리로 성명서만 또박또박 읽어 주면 돼. 그러니까 낭독 연습 백만 번쯤 해서 대회장에 오도록."

미자 언니가 명령하는 투로 말하자 음전 언니가 까르르 웃었다.

"맞아. 우리 역할이 다 다르잖아. 성명서 낭독은 너도 원했고, 네 목소리가 제일 좋기도 해서 맡긴 거고. 그러니 이따가 시간 맞춰 오면 된다."

"알겠어요, 언니들. 잘 연습해서 갈게요."

나는 언니들 말을 따를 수밖에 없었다.

궐기 대회를 성공적으로 치르기 위해 우리는 꽤나 치밀하게 계획을 짰다. 통학생이야 상관없어도 기숙사에 있는 맹휴생들은 시간 차를 두고 대회장으로 가기로 한 것이다.

애리는 준비할 게 가장 많아서 일찌감치 엊저녁에 집으로 갔고 음전 언니와 미자 언니, 상급반 대표들, 그리고 우리 학년과 1학년 대표들도 아침부터 서로 다른 시간에 기숙사를 나서기로 했다. 청년회관 좌석이 한정돼 있어 궐기 대회장에 못 오는 학우들은 기숙사에 머무르며 짐을 싸는 척 일부러 뭉그적거리기로 했다. 이렇게 따로따로 행동해야 학교와 경찰의 눈초리를 따돌리고 궐기 대회를 기습적으로 할 수 있다고 판단한 것이다.

심지어 맹휴를 앞장서서 이끄는 몇몇 선배와 학우들은 나은봉 선생님과 함께 일부러 기숙사에 남아 학교의 의심을 원천 봉쇄하기로 했다. 그럼에도 금선은 궐기 대회 참석자 명단에 포함됐다. 본인 뜻도 확고했거니와 금선처럼 일본 유학 갈 준비를 하는 인물이 궐기 대회에 참여하면 대회의 의미를 배가시킬 수 있다는 생각에서였다.

언니들이 먼저 나간 다음 나는 성명서 낭독 연습을 몇 차례나 해 보았다. 혼자서 낭독하는 것이 아니라 남학생 대표인 경정고보 학우와 함께하기로 돼 있어 그리 떨리지는 않았다. 경정고보 학우 중 누가 낭독을 맡을지는 궐기 대회장에 가 봐야 안다고 했다.

성명서 문구는 우리 학교 상급생과 졸업생 선배들, 다른 학교 학우들이 한데 모여 공동으로 작성했다는데, 꽤나 비장했다. 등사도 넉넉히 수백 장 해서 이따가 청년회관에서는 물론 궐기 대회가 끝난 후 종로통에도 뿌린다는 게 우리의 계획이었다.

입맛은 없었지만 나는 일부러라도 점심을 든든히 먹었다. 그러고는 두 시 반에 도착할 수 있게끔 여유롭게 시간을 두고 기숙사를 나섰다.

종로통은 몹시 질척거렸다. 아침에는 날씨가 멀쩡했는데, 오후부터 내리기 시작한 비 때문이었다. 안 그래도 늘 복잡한 길이 지우산과 도롱이를 쓴 사람들, 빗속을 뚫고 인력거를 모는 인력거꾼들로 더 북적거렸다. 자동차들은 행인들을 아랑곳하지 않고 씽씽 달렸다. 나는 지우산을 받쳐 들고 조심조심 걸었다. 오늘같이 중요한 날, 치마저고리에 빗물이라도 튀면 기분을 잡칠 것 같았다.

학교에서 청년회관까지 가는 데는 걸어서 이십 분이면 족해 두 시쯤 기숙사를 나와도 넉넉했지만, 빗길인데다 마음이 조급해 나는 한 시 사십 분쯤 기숙사를 나섰다. 그런데 시간이 지날수록 빗줄기는 더 굵어졌다. 덩달아 내 걱정도 커져만 갔다.

'왜 이렇게 비가 많이 오나. 다들 비 때문에 늦게 오면 안 되는데……. 비가 그쳤으면 좋겠다.'

빗길을 조심조심 걸어 운종가로 접어들었을 때였다. 우산 속으로 누가 쓱 얼굴을 들이밀었다.

"혹시, 혜인이?"

깜짝 놀라 지우산을 비껴서 보니 석준 오빠였다.

"어, 안녕하세요?"

"맞구나. 뒷모습이 딱 혜인이 같아서 뛰어왔네. 청년회관 가는 길이지?"

"예, 오빠도요?"

"당연하지. 자, 가면서 얘기하자고."

지우산을 따로따로 쓴 채 우리는 발길을 재촉했다. 석준 오빠가 퀼기 대회에 올지 궁금했지만 언니들한테 묻지는 못했었는데, 이렇게 만나니 너무 반가웠다. 그렇게 얼마만큼 걸었을 때 오빠가 문득 물었다.

"참, 오늘 은명 쪽에서 성명서 낭독은 누가 하기로 했는지 궁금하네."

"네? 그거 제가 맡았는데요?"

"어, 그래? 혜인이 목소리가 카랑카랑해서 혜인이가 맡으면 좋겠다고 생각했는데 잘됐네. 우리 학교에서는 내가 하기로 했어."

"네? 오빠가요? 하긴, 오빠도 목소리 좋잖아요."

전혀 생각지 못했는데 석준 오빠와 성명서 낭독을 함께 한다니 기뻤다. 중요한 일을 앞두고 긴장했는데 한결 마음이 놓이고 설레기까지 했다.

"낭독 연습은 좀 했어?"

"네. 여러 번 읽어 오기는 했어요."

"성명서 보면서 하면 되니까 너무 긴장하지는 마. 우리 둘이서 그냥 힘차게 큰 소리로 읽으면 돼."

"네. 오빠하고 낭독한다니 훨씬 맘이 편해져요."

이러고서 다시 말이 뚝 끊겼다. 우리는 말없이 빗길을 걸어갔다. 그런데 청년회관이 가까워질수록 걱정이 몰려오기 시작했다.

'오늘 궐기 대회가 무사히 잘 끝날까? 우리 뜻대로 무사히 진행 돼서 좋은 결과가 나올까?'

마음이 통한 것일까? 내 속내를 읽은 듯 오빠가 말했다.

"오늘 궐기 대회 잘 끝날 테니까 걱정하지 마. 우리가 워낙 작전을 치밀하게 짰거든."

방금 전까지 걱정했던 걸 감추고 나는 씩씩하게 대답했다.

"아, 네. 걱정 안 해요. 언니들이랑 애리한테 다 들었어요. 저는 대회 계획이 다 짜여진 뒤에야 전해 들었지만 정말 치밀하던 걸요."

"그럼. 은명만 하는 것도 아니고, 우리 경정고보랑 다른 학교도 연대하는 데다가 선생님들이랑 졸업한 선배들도 도와주기로 했으니 분명 성공할 거야."

"네, 그랬으면 좋겠어요."

"근데 민애리라고 했나, 그 학우가 궐기 대회장을 내준다고 해서 얼마나 고마운지 몰라. 아버지가 별나서 그런 결정 내리기가 쉽지 않았을 텐데 말이야."

"저도 깜짝 놀랐어요. 애리가 원래 의리파이긴 해요. 아버지 때문에 속도 많이 썩고요. 요번에도 아버지가 일방적으로 독주회를 계획해서 애리가 많이 괴로워했어요."

"그랬군. 아무튼, 대단한 학우라는 생각이 들었어. 큰일을 할 때 그렇게 자신을 희생하는 사람이 꼭 있더라고. 고마운 일이야."

오빠 말에 수긍을 하면서도 나는 살짝 샘이 났다. 석준 오빠가 애리한테 관심을 갖는 것 같아서. 하지만 이런 중대사를 앞둔 마당에 샘이 가당키나 한가 싶어 곧 그런 마음은 지워 버렸다. 다시 오빠가 옆에서 말을 걸었다.

"근데 우리 금선인 맹휴에 동참을 안 해서 서운하지?"

"아뇨, 이번엔 금선이도 하는데요? 지금 종현성당에 갔는데 시간 맞춰 청년회관에 올 거예요."

"아, 그래?"

처음 듣는 얘기인 듯 석준 오빠가 놀란 표정을 지었다. 잘못 말했나 싶어 걱정이 됐다. 하지만 금선이 맹휴에 동참하겠다고 선언한 게 그저께이니, 남매가 그 사이에 만나지 못했다면 석준 오빠가 모르는 게 당연하다는 생각이 들었다. 나는 걸음을 멈추고 설명했다.

"금선이를 만나지 못해서 못 들으셨나 보네요. 저희도 맹휴하지 말라고 말렸어요. 맹휴하면 관비 유학생 시험 볼 때 불리할 수 있으니까요. 근데 금선이가 굳이 하겠다고 하더라고요."

"그랬군. 하긴 유학을 가야만 신여성이 되는 것도 아니고, 전남편한테 복수를 못 하는 것도 아니니……."

말을 하다 말고 석준 오빠가 입을 다물었다. 말실수를 했다고 생각하는 것 같았다. 나는 얼른 사실을 얘기해 주었다.

"저희도 다 알아요. 금선이 이혼한 이야기, 아이 이야기. 금선이 가 다 털어놨어요."

"그랬어? 실은 금선이가 저번부터 맹휴 동참하겠다는 걸 내가 말렸거든. 나 혼자만으로도 족하다고 생각해서. 아, 미안하네. 어머니가 우리 남매 때문에 많이 걱정하시거든. 금선이가 어린 나이에 힘든 일을 겪어서 나도 늘 마음에 걸리고."

"괜찮아요. 무슨 뜻인지 알아요. 다 이해해요."

"고맙군. 여튼 금선이도 기어이 맹휴에 참여하는구나. 그 고집불통을 누가 말리겠어."

"저희도 말리다가 그만뒀어요."

"잘했어. 젊음의 특권 중 하나가 잘못을 바로잡는 용기인데 금선이 혼자서 발 빼고 있는 것도 이상하지. 우리가 모두 힘을 합치지 않으면 간악한 일본을 어찌 물리치겠나. 다른 학우들한테는 동참하라고 외치면서 내 동생한테는 하지 말라고 하는 것도 어불성설이고."

"네……."

금선에 대한 얘기를 나누다 보니 석준 오빠와 한결 가까워진 듯한 생각이 들었다. 동생을 염려하는 애틋한 마음이 고스란히 전해져, 든든한 오라버니를 둔 금선이 부럽기까지 했다.

그때 요란한 경적을 울리며 자동차 한 대가 흙탕물을 확 튀기고 가 버렸다. 그 바람에 치마저고리는 흙탕물 범벅이 되고 지우산까지 떨어뜨리고 말았다.

오빠가 우산을 집어 주는 동시에 바지 주머니에서 손수건을 꺼내 건넸다. 손수건으로 허둥지둥 흙탕물을 닦았지만 얼룩은 더 크게 번지고 말았다.

"어이구, 더 엉망이 됐네. 어떡하지?"

석준 오빠가 걱정을 했다. 나는 당황스러웠지만 애써 침착하게 대답했다.

"괜찮아요. 물로 닦으면 지워질 거예요."

"그래? 그랬으면 좋겠네. 얼른 가 보자고."

그러고 보니 석준 오빠 교복에도 흙탕물 얼룩이 있었다. 찝찝한 마음을 애써 무시하며 나는 오빠와 함께 발걸음을 서둘렀다.

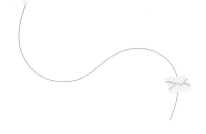

민애리 독주회

기독청년회관 앞에 도착하자 정문 위에 걸린 기다란 현수막부터 눈에 들어왔다. 〈조선 최연소 여류 천재 피아니스트 민애리 제1회 독주회〉라는 글귀와 함께 분홍 드레스를 입고 머리에 꽃단장을 한 애리의 사진이 박힌 현수막이었다.

회관 안으로는 양장을 차려입은 신사 숙녀는 물론, 한복 차림의 사람들, 교복을 입은 남녀 학생들이 속속 들어가고 있었다. 신사 숙녀와 학생들 가운데는 독주회를 보러 온 사람들도 있겠지만 우리 쪽 선배들이거나 동지, 졸업생도 많을 터였다.

석준 오빠가 안심한 듯 말했다.

"날이 궂어 걱정했는데 생각보다 사람들이 많네. 우리 쪽뿐만 아니라 독주회 보러 온 사람도 많을수록 좋으니까."

"네, 그래야 궐기 대회 파장이 클 테니까요."

"그렇지. 근데 혜인이는 옷에 얼룩부터 씻고 오는 게 어때?"

"아, 얼른 갔다 올게요."

"아직 시간 넉넉하니 천천히 와도 돼. 여기서 기다리고 있을게."

"네."

석준 오빠를 뒤로하고 나는 화장실로 갔다. 마침 커다란 물동이에 깨끗한 물이 가득 있고 조롱박도 떠 있었다. 세숫대야에 물을 한 바가지 담아 옷에 묻은 얼룩을 씻어 냈다. 여러 번 되풀이하니 말끔히 씻긴 건 아니라도 어느 정도는 얼룩이 가셨다. 그러고서 아까 자리로 가니 석준 오빠 옆에 미자 언니와 음전 언니를 비롯한 우리 학교 선배들 몇몇이 와 있었다. 금선은 시간에 딱 맞춰 오려는지 아직 보이지 않았다.

"언니들 오셨어요?"

내가 인사를 하는데 남자 학우 한 무리가 와서 우리 일행에게 알은체를 했다.

"다들 일찍 왔구먼. 준비는 잘들 해 왔겠지?"

나는 처음 보는 이들이었지만 오빠와 언니들은 서로 아는 사이 같았다.

"그럼. 단단히 준비했지."

석준 오빠가 선선히 대답했고, 음전 언니와 미자 언니도 결연한 표정을 지었다.

우리는 곧 독주회장으로 들어갔다. 무대 위 천장에는 정문에 있던 것과 같은 현수막이 걸려 있고, 무대는 자줏빛 비로드 천으로 가려져 있었다.

남자석과 여자석으로 나뉜 객석에는 청중들이 꽤 많이 앉아 있었는데, 맨 앞줄 귀빈석도 사람들로 반쯤 차 있었다. 귀빈석 한가운데, 그러니까 애리 부모님 자리는 아직 비어 있었다. 시간이 많이 남아서인지 애리도 아직 오지 않은 듯했다. 사회자일 성싶은, 하얀 와이셔츠에 빨간 나비넥타이를 매고 검정 양복을 입은 젊은 남자만 바삐 왔다 갔다 할 뿐이었다.

"애리가 안 보이네. 주인공인데."

음전 언니의 말에 석준 오빠가 나직이 대꾸했다.

"곧 오겠죠. 시간 많이 남았어요. 일단 우리부터 앞자리에 앉읍시다. 그래야 무대로 빨리 나갈 수 있어요."

우리는 빠르게 뛰어나갈 수 있게 맨 앞줄 가장자리에 앉았다. 나는 무대 한가운데에 서야 해서 여자석 첫 줄 맨 가장자리에 앉았다. 옆에는 미자 언니와 음전 언니, 상급반 언니 두 명이 자리를 잡고 뒷줄에도 군데군데 학우들이 섞여 앉았다.

그러고 나자 긴장감이 밀려왔다. 하지만 최대한 마음을 가라앉히고 궐기 대회 순서를 하나하나 되짚으며 좌석에서 일어나 무대로 올라가는 동선을 눈으로 익혔다.

'사회자가 독주회 시작을 알리고 애리가 나와서 인사를 하는 순간, 우리가 무대로 뛰어 올라가기로 했지. 그다음 석준 오빠와 내가 성명서를 선창하면 대표단과 학우들, 졸업생 선배들이 일제히 기립해 제창하고…… 뭣보다도 최대한 빠르게 무대로 올라가야 해.'

머릿속으로 성명서를 외워 보기도 했다. 진짜로 낭독할 때는 성명서를 보며 읽을 것이지만 하도 연습을 해서 이미 다 외운 상태였다.

그러던 중 안내 방송이 흘러나왔다. 곧 독주회가 시작되니 모두 입실하여 착석해 달라는 내용이었다. 벽시계를 보니 세 시 십분 전. 애리는 무대 뒤에 대기해 있을 것이었다.

창문이 활짝 열려 있는데도 실내는 습기에 떠들썩한 열기까지 더해져 초여름처럼 후덥지근했다. 남자 학우들 쪽을 보자 석준 오빠며 나머지 대표들이며 사뭇 긴장한 얼굴이었다.

그때 옆에 앉은 미자 언니가 낮은 목소리로 물었다.

"오늘 준비한 음악이 뭐랬지? 무대로 올라갈 때 흘러나올 음악."

"그거요? 제목은 '나의 조국'인가 그랬는데, 작곡가는 기억이 안 나요."

"아, 맞다. 나의 조국 제2악장 몰다우. 작곡가는 스메타나랬어. 그 음악 정말 좋더라. 선율이 진짜 장엄해. 듣고 있으면 애국심이 막 퐁퐁 샘솟는 것 같아."

"그래요? 저는 한 번도 못 들어 봐서……."

우리가 자리에서 일어나 무대로 뛰어 올라갈 때까지 잠시의 공백을 메워 줄 음악을 두고 고심하고 있을 때, 동렬 선생님이 이 음악을 권해 줬다고 한다. 얼마나 장엄한 음악일지 너무 궁금했다.

그런데 객석 맨 앞줄 한가운데 좌석 두 개가 아직 비어 있는 게 눈에 들어왔다.

"언니, 애리 부모님이 아직 안 오신 거 같아요."

내 말에 미자 언니가 고개를 쭉 빼고 보더니 걱정스레 대답했다.

"그러네. 빗길이라 늦으시나?"

그럴 거라 생각하며 뒤를 보았는데 순사 두 명이 서성거리고 있었다.

"언니, 뒤에 순사들이 있어요."

"놀랄 거 없어. 원래 이런 독주회 할 때 순사들 한두 명 배치해. 돌발 사태 막으려고. 작년에도 어떤 독주회에서 벌거벗은 각설이가 무대로 뛰어 올라가 난리 난 적 있었잖아."

"아, 그런 거라면 다행이고요."

이윽고 벽시계의 시침과 분침이 세 시를 가리켰다. 무대 커튼이 양쪽으로 걷히며 피아노와 사회자, 애리가 나타날 찰나였다. 그런데 나비넥타이를 맨 사회자가 무대 위에 나타나더니 난처한 표정으로 말했다.

"잠시 안내 말씀 드리겠습니다. 신사 숙녀 제위께 안내 말씀 드리겠습니다."

일시에 객석은 조용해졌고 사회자는 다시 말을 이었다.

"오늘 조선 최연소 여류 천재 피아니스트, 민애리 양의 제1회 독주회를 찾아 주신 신사 숙녀 제위께 대단히 죄송한 말씀 올립니다. 다름 아니오라, 주인공 민애리 양이 아직 청년회관에 도착하지 않았습니다. 우중이라 빗길이 험해 그런 줄 사료되오니, 하해와 같은 마음으로 조금만 기다려 주시기를 간곡히 당부드립니다."

가슴이 덜컥했다. 언니들이 당황한 표정으로 수군거렸다.

"이렇게 늦을 리가 없는데."

"애리네 집 황금정이야 엎어지면 코 닿을 거리잖아."

"꽃단장이 늦어졌는지도 몰라. 머리랑 화장 때문에 미용실 들렀다 온댔어."

객석에서도 사람들이 술렁거렸다.

"장마가 지든 폭설이 내리든 주인공이면 미리미리 와야지. 청중을 기다리게 하나?"

"그러게. 폭풍우가 몰아치는 것도 아닌데. 경성은행장 외동딸이라더니 싹수가 노랗네."

"아이고, 그럴 수도 있지. 좀 기다려들 보세요."

바로 그때 석준 오빠가 남자 학우 두 명과 함께 무대로 뛰어 올라갔다. 언니들과 나도 벌떡 일어나 후닥닥 올라가서 석준 오빠 옆에 섰다. 비상 상황이 발생할 경우, 그냥 궐기 대회를 시작하기로 작전을 짰기 때문이다. 비상 상황이라선지 '몰다우'는 흘러나

오지 않았다.

이내 남자 학우들이 긴 현수막을 펼쳐 들었다. '은명여고보 동맹 휴학 관련 조선 학생 총 궐기 대회'라고 적힌 현수막이었다. 가슴이 두근두근하고 심장이 빠르게 뛰었다. 객석은 더 크게 술렁거렸다.

"아니, 저 학생들 뭐야?"

"독주회는 어떻게 된 거야?"

석준 오빠와 나는 품에서 성명서를 꺼내 들고 결의문을 힘차게 읽어 내려가기 시작했다.

"은명여고보 동맹 휴학 관련 조선 학생 총 궐기 대회! 최근 경성 은명여고보에서 비교육적이고 몰상식한 사태가 발생하매, 경성 학우들은 목숨을 걸고 아래와 같은 사항을 결의한다!"

객석 곳곳에 앉아 있던 남녀 학우와 선배들도 일제히 기립해 성명서를 손에 들었다. 귀빈석과 객석에 앉아 있던 청중들이 삿대질을 하며 고함을 쳤다.

"무슨 짓이야? 당장 그만두지 못해?"

"궐기 대회가 다 뭐여! 야, 얼른 내려와!"

욕지거리를 하며 독주회장을 빠져나가는 사람이 있는가 하면, 그냥 그 자리에 앉아 있는 이들도 있었다. 어쨌거나 석준 오빠와 나는 꿈쩍 않고 결의문을 우렁차게 선창했다.

"하나. 우리는 일제의 어떤 위협에도 결속을 공고히 하여 은명여고보 및 조선 학생들의 요구 사항을 끝내 관철한다!"

무대 위에 도열한 대표들과 객석의 학우들, 선배들도 한 목소리로 제창했다.

"하나. 우리는 일제의 어떤 위협에도 결속을 공고히 하여 은명여고보 및 조선 학생들의 요구 사항을……."

그 순간 요란한 호루라기 소리와 함께 경찰들이 우르르 들이닥쳤다.

궐기 대회 소식이 애리 때문에 경찰로 샜다는 사실을 알고 우리는 경악을 금치 못했다. 그런 애리가 이미 학교를 자퇴했고, 곧 미국 유학을 떠난다는 사실은 우리를 더더욱 힘들게 했다. 이 모든 건 우리가 종로서에 다시 갇힌 다음 알려졌다. 그새 퇴원한 리코 선생이 종로서에 와서 폭로한 것을 순사들이 우리에게 떠벌리고 갔기 때문이다.

"민애리는 배신할 거면서 왜 그렇게 설쳤나 몰라. 걔를 믿었던 우리가 바보지. 나라 팔아먹은 개돼지들하고 꼬르푸나 치러 다니는 애비를 둔 딸년을 믿었다니. 우리 스스로 발등을 찍은 거야."

미자 언니가 욕했지만 음전 언니는 애리를 애써 두둔했다.

"걔도 뭔 사정이 있었겠지. 아버지한테 들켰거나, 막판에 어쩌다 배신했는데 우리 볼 낯이 없으니 자퇴를 했거나. 근데 애리가 없었어도 거사는 치렀잖아. 애리가 궐기 대회 장소를 제공한 건

변함없는 사실이고. 그건 고마워해야지."

미자 언니가 발끈하며 목소리를 높였다.

"언니는! 뭐가 애리 덕분이에요? 우리가 이렇게 잡혀 왔는데? 궐기 대회 소식이 걔 때문에 새서 끝까지 하지도 못했잖아요. 민애리 진짜 나빠요."

나도 애리가 너무 원망스러웠다. 거사를 먼저 제안해 놓고 등을 돌렸다는 게……. 왜 그랬는지, 우리 우정이 고작 이 정도였는지 너무 씁쓸했다.

"저도 애리 미워요. 뒤통수만 쳤음 모르겠는데 학교도 자퇴하고 미국 유학까지 떠난다니……. 갑자기 아프거나 사고가 나서 못 왔을 거고, 궐기 대회 소식은 딴 데서 샜을 거라고 생각했는데 그게 아니라니 진짜 치가 떨려요."

언니들도 더는 아무 말 하지 않았다. 같은 방에 갇힌 석준 오빠와 남자 학우들도 입을 다문 채 조용했다. 다행인지 불행인지 금선은 종로서에 잡혀 오지 않았다. 종현성당에 갔다가 청년회관에 늦게 도착해 화를 면한 건지, 아니면 아예 오지 않은 건지는 알 수 없었다.

얼마 되지 않아 석준 오빠와 남자 학우들, 음전 언니와 미자 언니가 차례로 불려 나갔고 몇 시간이 지나도록 다들 쉽게 돌아오지 않았다. 나는 그들을 기다리며 밤을 꼴딱 새우다 새벽녘에야 겨우 선잠이 들었다.

잔인한 시간들

"독한 년, 어디까지 버티나 보자. 하야시! 시작!"

김 순사가 소리치자, 일본인 순사 하야시가 석준 오빠의 머리채를 뒤로 확 젖혔다. 그러곤 누리끼리한 천을 오빠 얼굴에 덮고 주전자 물을 들이붓기 시작했다. 벌건 물이 천에 배어나는 걸 보니 고춧가루 물인 것 같았다. 석준 오빠는 고통스레 몸부림쳤고 하야시는 잠시 동작을 멈췄다. 곰방대를 빨고 있던 김 순사가 빈정거렸다.

"이 새끼, 아주 약해 빠졌군. 이것도 못 견디면서 궐기 대회인지 개지랄인지 했나? 하야시, 뭘 꾸물거려? 계속해!"

"옙!"

하야시가 다시 오빠 얼굴 위에 고춧가루 물을 부었다. 애써 참는 듯 오빠는 몸을 거의 움직이지 않았다. 내가 직접 고문을 당하는 양, 숨이 턱턱 막히고 가슴이 부들부들 떨렸다. 궐기 대회 배후가 나은봉, 류동렬, 두 선생님이라고 불라는 걸 내가 거부하자 김 순사가 석준 오빠를 내 앞으로 끌고 와 아침부터 고문을 하는 중이었다.

"그만해요, 제발. 그만하라고요!"

나는 고개를 흔들며 통사정을 했다. 이미 우리 학교 학우 둘을 잔인하게 고문하는 장면까지 목격한 터라 넋이 반쯤 나가 있었다. 김 순사가 내 머리채를 잡더니 담배 연기를 얼굴에 훅 뿜으며 이죽거렸다.

"왜? 보는 게 더 힘드냐? 차라리 네가 당하는 게 더 낫겠어? 그럼 불어. 나은봉, 류동렬, 두 연놈이 배후라고 불란 말이야!"

이 시간이 너무 지옥 같았다. 사실도 아니거니와, 석준 오빠가 고문 받기 직전 절대 배후를 말해서는 안 된다는 눈짓을 보냈기에 더더욱. 그러나 내가 배후를 말하지 않으면 학우들도, 석준 오빠도 더 심한 고문을 당할 게 뻔했다. 어떡해야 좋을지 몰라 괴로워하는데 누군가 계단을 우당탕퉁탕 내려오는 소리가 들렸다. 지하 고문실 철문 앞에 모습을 드러낸 사람은 조선인 사환 아이였다.

"저기, 김 순사님 드릴 말씀이……."

사환 아이가 총총걸음으로 와서 귓속말을 했다. 김 순사가 바닥에 침을 퉤, 뱉더니 하야시에게 지시했다.

"에잇, 일단 고문 중지! 신혜인 이년 풀어 주고, 최석준 이 새끼는 원래 방에 다시 처박아 놔."

하야시가 주전자를 내려놓고 먼저 내 두 손을 묶었던 밧줄을 풀었다. 석준 오빠는 그 자리에서 모로 쓰러져 버렸다. 나는 석준 오빠에게 달려가 얼굴에 덮힌 천부터 벗겨 냈다.

"오빠, 석준 오빠! 정신 차리세요, 네?"

죽은 듯 널브러져 있던 석준 오빠가 숨을 몰아쉬며 나를 보았다. 눈동자는 초점을 잃은 채 풀려 있고 의식도 몽롱해 보였다. 그러면서도 오빠는 계속 고개를 저었다. 배후를 불면 안 된다는 표시 같았다. 김 순사가 대뜸 내 뺨을 후려쳤다.

"어쭈, 서방이라도 되냐? 냅두고 따라 나오기나 해!"

오빠를 뒤로 한 채 떨어지지 않는 발길을 돌려 허우적허우적 고문실을 나왔다. 계단을 다 올라오자 김 순사가 어느 방 안으로 나를 떠다밀었다.

"들어가. 면회다."

'면회? 어머니가 오셨나?'

나는 놀라 앞섶부터 여몄다. 김 순사가 배후를 불라며 윽박지를 때 옷고름을 잡아당겨 한쪽이 떨어져 나갔기 때문이다. 그런데 창가에서 초조하게 서성이고 있는 사람은 다름 아닌 애리였다.

"혜인아!"

애리가 쏜살같이 달려왔다. 나는 얼떨결에 애리에게 안길 뻔했다. 하지만 이내 이성을 차리고 싸늘하게 말했다.

"네가 웬일이니? 무슨 낯으로 왔는데?"

"미안해. 정말 면목 없다……."

애리가 내 손을 덥석 잡다 말고 눈을 휘둥그레 떴다.

"너 왜 이래? 얼굴은 왜 이렇고, 옷고름은 왜?"

나는 애리의 손을 확 뿌리쳤다.

"무슨 상관인데? 배신한 주제에? 나 같으면 부끄러워서라도 못 찾아오고, 입이 열 개라도 닥치고 있겠다."

애리가 강하게 고개를 저으며 울먹거렸다.

"아냐, 배신한 거 아냐. 제발 그것만 알아 줘. 근데 너 꼴이 왜 이러냐고. 말해 봐. 응?"

문득 애리한테 모든 걸 털어놓고 싶었다. 그래도 한때 진한 우정을 나눈 동무였기에. 하지만 애리는 누가 뭐래도 배신자였다. 배신자에게 어찌 우리 사정을 말할까.

"너한테 말하기 싫어. 넌 우리 편이 아니잖아."

나는 이렇게 말하며 뒤를 돌아다봤다. 김 순사가 우릴 감시하고 있을 것 같아서였다. 하지만 웬일인지 김 순사는 없고 면회실 문도 닫혀 있었다.

"너 들어오자마자 순사 나갔어. 급한 일이 있나 보더라."

애리는 한숨을 휴우, 내쉬고는 말을 이었다.

"혜인아, 일단 내 말 좀 들어 줘. 나 정말 배신한 거 아냐. 다들 그렇게 생각할까 봐 이렇게 왔어. 막판에 아버지한테 들켜서 퀼기 대회장에 못 갔어. 물론 다 내 잘못이야. 내가 치밀하지 못한 탓이야. 너무 미안해……. 그리고 나 곧 미국 가. 그래서 얼굴이라도 보고 가려고 왔어. 뭐라도 도울 일이 없나 싶기도 했고."

이 마당에 미국 유학 타령이라니 기가 막혔다. 그저 아버지 핑계로 변명하는 것만 같았다. 나는 애리를 쏘아보며 따박따박 말했다.

"민애리, 내가 똑똑히 말해 줄게. 퀼기 대회에 안 온 거나, 못 온 거나, 결과는 똑같아. 너 때문에 일을 망쳤고 우린 이렇게 잡혀 왔잖아. 그리고 뭐, 미국 간다고? 그게 나랑 무슨 상관인데? 미국 가는 거 자랑하러 왔니?"

"그게 아니고……."

"아니면? 그나저나 우리 어머니랑 다른 학부모들은 면회도 못 하고 쫓겨났는데 넌 참 대단한 아버지를 두긴 했다. 주동자인 나를 이렇게 쉽게 면회하고……. 너 하곤 더 말 섞고 싶지 않아."

이러고 돌아서는데 애리가 또 내 팔을 붙잡았다.

"혜인아, 나 아버지 힘 빌려서 면회 온 거 아냐. 네 면회를 아버지가 도와줄 리가 있니? 퀼기 대회 때문에 단단히 화나셨는데? 내가 너를 꼭 만나려고 여기 종로서에 와서 거짓말을 했어. 아버지가 널 면회해 반성하라고 설득해 오랬다고 말이지. 지금이라도 맹휴를 철회하고 퀼기 대회 한 것도 들통나면 어쩌나 두근두근했는데 순사들이 의외로 순순히 넘어가더라."

"뭐? 맹휴를 철회해? 궐기 대회를 반성해?"

내가 어이없어 하자 애리가 다시 말했다.

"아니, 의심 피하려고 그렇게 둘러댔다고. 미국 가는 것도 내 뜻이 아냐. 궐기 대회 사건에 충격을 받아서 아버지가 급히 계획한 거야. 미국 가는 건 어쩔 수가 없어. 가기 싫지만 가야 해."

"그래 잘 가. 가서 잘 먹고 잘 살아. 조선은 우리가 지킬 테니."

"그러지 말고 혜인아, 내가 뭐라도 도와줄 테니 말해 봐. 너 취조당하다가 순사들한테 맞기라도 한 거 같은데, 이쯤에서 마음을 바꾸는 건 어떠니? 사실 맹휴도 궐기 대회도 달걀로 바위 치기 같아. 맹휴 그만한다고 하면 너하고 언니들, 석준 오빠만이라도 빼내 달라고 아버지한테 부탁해 볼게. 아버지가 벼르고 있어서 나도 많이 걱정된단 말이야."

개떡같은 소리를 듣고 있으려니 분노가 확 솟구쳤다.

"마음을 바꾸라고? 그게 할 말이니? 그리고 이미 늦었어. 어차피 우리 다 만신창이 됐다고. 그런 말 하려거든 내 앞에서 꺼져!"

고문실에 널브러져 있을 학우들, 석준 오빠의 모습이 떠올라 목소리가 절로 떨렸다. 애리가 놀란 얼굴로 내 어깨를 잡고 흔들었다.

"무슨 말이야. 만신창이가 됐다니? 대체 무슨 일이야, 응?"

"너네 아버지가 별렀다고? 아, 그래서 순사 놈들이 우리를 그렇게 잔인하게 대했구나. 나 이런 거는 아무것도 아니야. 학우들하고 석준 오빠는, 흐윽…….”

참았던 울음보가 터지고 말았다. 애리가 놀란 얼굴로 채근했다.

“무슨 일이야! 빨리 말해 봐, 혜인아.”

이왕 이렇게 된 거, 애리도 우리처럼 똑같이 고통받아야 한다는 생각이 들었다. 나는 큰 숨을 몰아쉰 후 이야기를 털어놓았다.

“그래, 말해 줄 테니 너도 똑똑히 알아 둬. 미자 언니랑 음전 언니는…… 어젯밤에 불려 가서 안 돌아왔어. 나도 고문실까지 끌려가서 우리 은명 학우가…… 참혹하게 고문당하는 걸 똑똑히 봤고. 놈들이 내 앞에서 석준 오빠도 고문했어, 흐윽…….”

말을 하는 동안 눈물이 펑펑 쏟아졌다. 가슴이 메어 말도 제대로 하기 힘들었다. 그럼에도 나는 애리에게 낱낱이 전했다. 은명 학우들이 천정에 매달린 채 벌겋게 달아오른 인두로 고문당한 일, 석준 오빠가 고춧가루 물 고문을 받고 의식을 잃은 일 등을 그대로 낱낱이……. 한때 동무였다면, 궐기 대회까지 함께 꾀했던 동지였다면, 진실을 알고 고통도 함께 받아야 한다는 생각에서였다. 애리는 내 얘기를 들으며 흐느껴 울었다.

“어떡하니……. 나쁜 놈들, 어떻게 고문까지 해……. 뭘 그리 잘못했다고……. 난 또 이 죄를 어떻게 갚니. 내가 아버지한테 들키지만 않았어도 이렇게 되지 않았을 텐데…….”

한때 배신자라고 생각한 애리였지만, 고통을 공감하고 함께 울어 주니 조금은 마음이 풀어졌다. 그러는 중에 애리가 눈물을 닦더니 비장하게 말했다.

"혜인아, 내가 도울게. 이 사실을 안 이상 가만있을 수는 없어. 아무것도 안 하고 미국으로 떠날 수는 없어. 면회 오기 전에 금선이하고 얘기한 것도 있고……."

"금선이? 자퇴했다면서 금선이를 어떻게 만나?"

"응, 기숙사 짐 챙기러 갔다가."

"그래? 그럼 그날 어떻게 된 거라니? 궐기 대회 때 금선이가 안 보였거든."

"그날, 금선이가 종현성당에 가서 기도를 하고 나오다가 알고 지내던 미국 선교사들을 만났대. 거기서 그 사람들이 우리 학교 사태를 궁금해해서 설명하느라고 늦었대. 물론 궐기 대회 얘기까지는 안 했고. 그래서 조금 늦게 청년회관에 도착했는데 이미 너희는 끌려간 뒤고 회관도 난장판이 돼 있더래."

"그랬구나. 난 또 금선이까지 배신을 했나 했지."

"중요한 건, 그 선교사들이 우리 학교 맹휴를 안타까워하면서 도울 일 있으면 말해 달라고 했다는 거야. 혜인아, 우리 학우들이 고문을 받았다는 걸 그 선교사들이랑 윤 기자님한테 알릴게. 윤 기자님도 지금 상황을 모를 수도 있잖아. 그러면 분명 방법이 있을 거야."

애리를 믿어야 하나 말아야 하나 잘 판단이 서지 않았다. 그런데 애리의 눈빛이 너무 절절하고 진실해 보였다. 나 또한 지푸라기라도 잡고 싶은 간절한 마음이었다. 나는 애리의 두 손을 잡고 부탁했다.

"애리야, 이번에는 너 믿어도 되지? 그럼 제발 빨리 움직여 줘. 일분일초가 급해. 우리 모두 더 다치게 될까 봐 너무 무서워. 그러기 전에 네가 빨리 좀 어떻게 해 봐."

"알겠어. 지금 나가서 번개처럼 달려갈 거야. 조금만 기다려. 절대로 희망을 잃으면 안 돼."

그때 면회실 문이 벌컥 열리며 김 순사가 소리쳤다.

"무슨 면회가 이리 긴가! 민애리 나와! 신혜인, 너도!"

"네, 나가요! 혜인아, 나 갈게."

애리가 비장한 눈빛을 보내고서 면회실을 나갔다. 나도 김 순사를 따라 나왔다. 가슴이 두근거리고 머릿속이 복잡했다.

'애리가 해낼 수 있을까? 정말 우리 모두 더 다치기 전에 해내야 하는데…….'

햇살은 눈부시지만

종로서 출입문을 나서자마자 음전 언니가 말했다.

"고생했다. 다들 기숙사든 집이든 가고 싶은 데로 가고, 몸 잘 추스르자. 안 그러면 큰 병 나."

미자 언니도 거들었다.

"그래. 음전 언니랑 나는 기숙사로 갈 거야. 짐을 뺐는지 어쨌는지 확인도 해야 하니. 혜인이 너는 어쩔래?"

어찌 된 일인지는 몰라도 애리가 다녀간 후 하루 만에 우리는 풀려나게 됐다. 우리가 자퇴 처리가 된 건지 아닌지, 기숙사의 짐을 뺐는지 안 뺐는지는 알 수 없었다. 어쨌든 경찰서를 나왔으니 각자 어디로든 가야 했다. 나는 당장 어머니부터 보고 싶었다.

"전 일단 집으로 갈게요. 어머니 걱정하실 거 같아서 얼굴 좀 보여 드리려고요."

무엇보다도 수제비가 너무 먹고 싶었다. 마른 멸치를 푹 우려
낸 국물에 호박이랑 감자를 나박나박 썰어 넣고 호로록 끓여 낸
어머니표 수제비……. 그렇게 수제비를 한 그릇 뚝딱 먹어 치우
고 죽은 듯이 한숨 푹 자고 싶었다. 그런다고 종로서에서 겪은 끔
찍한 일들을 잊을 수는 없겠지만, 그래도 그러고 나면 몸과 마음
에 깊이 패인 상처들이 손톱만큼이나마 치유될 것 같았다.

"그래, 이럴 땐 집에 가서 푹 쉬는 게 최고지. 우리야 집이 시골
이라 가고 싶어도 갈 수 없지만……."

음전 언니의 눈빛이 아련해 나는 너무 미안했다. 고문의 공포
속에서 함께 고생했는데 나만 혼자 어머니 품으로 가겠다고 한
것이……. 언니들이야말로 이럴 때 고향집이 얼마나 그리울까 생
각하니 짠하기도 했다. 그래서 같이 우리 집으로 가자고 했지만,
언니들은 둘 다 마다했다. 당장은 잠이 고프다면서. 결국 우리 집
으로 가는 건 다음으로 미루기로 했다.

그때 남자 학우들이 우르르 몰려나왔고 그중 한 사람이 푹 쓰
러졌다. 석준 오빠였다. 오빠는 학우들의 부축도 뿌리치고 스스로
몸을 일으키려 했지만 자리에서 다시 쓰러지고 말았다.

"석준 오빠예요. 어떡해!"

내가 오빠 쪽으로 가려 하자 음전 언니가 옷소매를 잡았다. 언
니는 모른 척하라는 듯 고개를 저었다. 나는 이러지도 저러지도
못한 채 보고만 있어야 했다. 오빠는 꼴이 말이 아니었다. 얼굴은

온통 멍과 상처로 덮여 있고, 교복도 군데군데 찢겨 나간 데다 핏자국으로 얼룩덜룩했다.

"개자식들! 궐기 대회 하나 했다고 사람을 이 지경으로 만들어?"

남자 학우 하나가 소리치자 석준 오빠가 비틀비틀 일어나며 말했다.

"괜찮아. 이삼일만 추스르면 금방 회복될 거야. 나 그렇게 약한 인간 아니라고."

미자 언니가 내 손을 잡으며 말했다.

"가자. 얼른 기숙사에 가서 금선이한테 석준 씨 챙기라고 하자."

"예, 언니."

나는 차마 떨어지지 않는 발걸음을 간신히 옮겼다. 석준 오빠가 심하게 다친 것 같아 너무 걱정됐다.

우리 셋은 말없이 묵묵히 걸었다. 다른 학우들도 앞서거니 뒤서거니 함께 걸었다. 그러다 종로서를 한참 벗어난 곳까지 와서야 음전 언니가 입을 열었다.

"석준 씨 괜찮을까? 순사 놈들이 대체 고문을 얼마나 한 거야!"

미자 언니도 염려스러운 표정을 지었다.

"그러게요. 동무들 걱정할까 봐 일부러 괜찮다고 하는 것 같던데……."

"우리도 이렇게 맘이 안 좋은데 금선이가 석준 씨 보면 얼마나 맘 아플까. 수미하고 정옥이는 또 어쩜 좋니. 천벌받을 놈들!"

"부모님이 걔네들 데리러 오면 얼마나 놀라실까요? 그 애들 덕
에 우리가 이렇게 무사히 풀려나는 거 같아 너무 죄스러워."

음전 언니와 미자 언니가 잇달아 한탄을 했다. 수미 언니와 정
옥 언니는 내 눈앞에서 고문을 당했던 바로 그 언니들이다. 조선
인 선생님이 배후에 있다는 거짓 자백을 받아 내려고 순사들이
우리 학교 학우 중 3학년인 두 언니를 본보기로 고문한 것이었다.

나도 모르게 왈칵 울음이 터져 나왔다. 언니들이 고문받던 끔찍
한 광경이 떠올라서.

"아이고, 혜인아. 네가 고문 광경을 직접 봐서 더 힘들구나. 어
떡하니."

"그래. 상상만 해도 마음이 이렇게 부대끼는데 너는 오죽 놀랐
겠니."

"아녜요, 수미 언니랑 정옥 언니가 너무 안돼서 그래요."

내가 울먹울먹하자 두 언니도 소매 끝으로 눈물을 훔쳤다.

다시 몇 걸음 걸어가는데 음전 언니가 말했다.

"근데 우리가 이렇게 석방되는 거 애리 덕분인 게 맞겠지?"

나도 그게 너무 궁금했다. 애리가 면회하고 간 후 우리 중 아무
도 더는 고문실로 끌려 나가지 않았다. 게다가 오늘 아침에는 종
로서에서 아무런 설명도 없이 우리를 석방했기 때문에, 그게 애
리의 영향인지 아닌지 우리로서는 알 수가 없었다.

그때였다. 문짝에 신문사 이름이 적힌 지프차가 경적을 울리며 달려와 우리 앞에 끼익 멈춰 서더니, 차에서 윤 기자님이 뛰어내렸다.

"아이고, 다들 지금 석방됐나 보네?"

"아, 네. 안녕하세요."

"그래, 고생들 많았지? 소식 듣고 부랴부랴 왔는데, 잘 만났네. 잠깐 얘기 좀 할까."

윤 기자님이 언니들과 나를 길 한구석으로 데리고 가며 말했다. 안 그래도 궁금한 게 많았던 참이라 윤 기자님이 너무 반가웠다.

"혜인이도 그렇고 은명 학생들이 좀 알고 있어야 할 거 같아서…… 이번에 학생들이 풀려나는데 애리 양이랑 금선 양 둘이서 큰 역할을 했어. 애리 양이 혜인이한테 소식을 듣고서 나하고 금선 양한테 급히 알렸고, 우리 셋이 미국 선교사를 만나 고문 사실을 알리면서 석방이 가능해진 거거든."

"아, 그렇게 된 거군요. 저희도 풀려나긴 했지만 어떻게 된 건지 몰라 궁금해하고 있었거든요."

음전 언니가 말하자 윤 기자님이 고개를 끄덕였다.

"어제 오전에 애리가 울며불며 우리 신문사를 찾아왔어요. 마침 내가 자리에 있었는데 얼마나 급히 왔는지 얼굴이며 온몸이 땀범벅이더라고……. 그러면서 제발 살려 달라고, 은명 학우들이랑 석준 오빠가 고문당하고 있으니 살려 달라 하더라고. 그러면서 선교사 얘기를 하길래, 내가 즉시 애리 양을 데리고 은명 기숙사로 가서 금선 양을 태워 종현성당으로 갔지."

그러니까 셋이서 미국 선교사를 찾아가 우리가 잔인하게 고문당한 사실을 폭로했고, 이에 미국 선교사들이 즉각 조선총독부에 압박을 넣었다는 것이다. 학생들, 특히 여학생들에 대한 고문 행위를 즉시 중단하고, 석방하지 않을 경우 일본의 만행을 세계 여론에 호소할 것이라고 말이다.

그렇게 되자 애리 아버지까지 나서서 융희 황제 폐하의 인산일이 코앞에 닥친 민감한 때에 국내외 여론이 악화되면 안 된다며 총독부와 종로서를 설득했고, 급기야 우리를 석방하기에 이르렀다는 것이다.

"우리 신문에도 종로서에서 은명 학생들을 고문한 걸 실으려고 했는데 총독부가 사전 검열을 해서 못 실었어. 기사화하지 않는 걸 조건으로 학생들을 석방해 준다는데 어쩔 도리가 있나. 아무튼, 너무 고생했어. 애리 양은 더는 미워하지 않았으면 해. 내가 얘길 들어 보니 진짜 아버지한테 들켜서 청년회관에 못 갔더라고."

윤 기자님의 말에 우리는 모두 그러겠다고 했다. 고마움도 최대한 표시했다. 그런데 한 가지 궁금한 게 있었다. 우리에 대해 학교에서 어떤 조치를 했는지에 대해서였다. 내가 묻자 윤 기자님은 잘은 모르겠지만 긍정적인 방향으로 검토되는 분위기인 것 같다고 귀띔했다.

곧 윤 기자 님은 다시 지프차를 타고 떠났다. 애리가 배신한 게 아닌 데다 우리가 석방되기까지 큰 역할을 했다는 걸 알게 된 것은 정말 다행이었다. 안 그랬다면 우린 영영 애리를 원망했을 테니까.

수미 언니와 정옥 언니, 석준 오빠 등이 희생한 대가로 우리가 석방됐다는 것은 너무 가슴 아팠다. 석준 오빠는 그나마 덜하지만, 고문 때문에 망가진 몸으로 살아가야 할 두 언니들의 앞날이 너무 걱정되었다.

모두 같은 생각이었을까. 우리 셋은 계속 말없이 걷기만 했다. 무거운 침묵을 먼저 깬 것은 미자 언니였다.

"근데 우리 등교는 어떡하지? 석방은 됐지만 맹휴를 계속할지, 등교할지 아직 정하지 않았잖아. 학교 방침도 모르고……."

음전 언니가 대답했다.

"그야 맹휴를 계속해야지. 학감하고 사감을 퇴진시키고 일본식 교육을 중지하라는 우리의 요구 조건을 학교가 받아들이면 등교하는 거고, 안 그러면 계속 맹휴해야지. 이런 험한 일까지 겪었는데 우리도 더는 못 물러나."

내 생각도 마찬가지였다.

"맞아요. 근데 우리 일단 오늘은 쉬고 나중에 또 의논해요. 뭔가 긍정적인 분위기라고도 하니까요."

이야기를 하는 사이, 우리는 어느새 보신각 정류장 맞은편까지 왔다. 미자 언니와 음전 언니는 다른 학우들과 함께 학교 쪽으로 가고, 나는 전차 정류장으로 향했다.

그런데 갑자기 빙빙 도는 것처럼 머리가 어지럽고 다리까지 후들거리기 시작했다. 자칫하면 쓰러질 것 같았다. 얼른 길가 담장 밑으로 가서 손을 짚고 가만히 서 있었다. 오월 오후의 햇살이 머리에 쏟아져 눈이 부시고 시야가 몽롱했다. 손차양을 만들어 따가운 햇살을 가렸지만 별로 나아지는 것은 없었다. 그늘로 가야겠다 싶어 비칠비칠 걸음을 옮겼다.

그때 신문팔이 소년 하나가 종종걸음으로 지나가며 소리쳤다.

"신문 사시오, 신문! 따끈따끈한 뉴우스가 실린 신문이오!"

정신이 번쩍 들어 소년을 불러 세웠다. 입성은 꾀죄죄해도 눈망울이 맑은 소년이었다.

"얘, 혹시 은명여고보 맹휴 기사 실렸니? 학생 궐기 대회 소식이나⋯⋯."

"저는 까막눈이라 몰라요. 직접 보고서 기사가 실렸으면 사고 아님 마슈."

소년이 머쓱해하며 신문을 건넸다. 나는 급히 신문을 살펴보았다. 사흘 전 청년회관에서 치른 궐기 대회 기사가 한눈에 띄었다. 더 볼 것도 없이 신문 한 부를 사서 길가 한구석에 선 채 펼쳐 보았다.

신문에는 조선 학생 총 궐기 대회 소식과 우리 은명 학우 및 경정고보 학우들의 수감 소식, 우리네 학교를 비롯한 여러 학교의 연대 동맹 휴학 소식이 실려 있었다. 그뿐 아니라, 학생들의 수감에 항의해 학부모들이 발표한 성명서도 함께 게재돼 있었다. 은명여고보의 맹휴는 단지 한 학교만의 문제가 아니라 전반적인 일제하 교육 현실과 관계되는 일이며, 융희 황제가 승하한 비통한 시기에 일본식 교육을 강화해 학생들을 더욱 슬프게 한 학교 측의 처사를 비난한다는 내용이었다.

'신문에서 우리 기사를 잘 써 줬구나. 고문에 관한 얘기는 없지만……'

나는 신문을 말아 쥔 채 집으로 향했다. 여전히 다리가 후들거리고 머리도 어질어질했지만 아까보단 한결 걸을 만했다.

유월의 교정은 싱그럽고

전차에서 내리자 두 눈에 들어오는 하늘이 높고 파랬다. 코끝에 스미는 공기도, 얼굴을 스치는 바람도 유월 초순답게 싱그럽고 상큼했다.

나는 학교를 향해 걸음을 서둘렀다. 학교가 결국 우리의 요구를 들어주겠다며 항복해 등교하는 길이었다. 우리가 경찰서에서 풀려난 지 사흘만이었다. 요시다 학감과 리코 선생을 퇴진시키고 전임 조선인 선생님을 재봉 교사 겸 기숙사 사감으로 복직시키며, 일본식 교육을 중지하고 조선식 교육을 하겠다는 것이 학교의 공식 발표였다. 학교는 비상 연락망과 전보를 통해 이 소식을 학우들 집집마다 알렸다. 맹휴를 하는 동안 너무 힘들고 학우들의 희생도 컸는데 결국 우리 뜻대로 되어 마음이 뿌듯했다.

등교하기엔 시간이 조금 이른데도 길에는 우리 학교 교복을 입은 학우들이 제법 많았다. 그 모습들을 보자니 동무들도, 좋아하는 선생님들도 오랜만에 만날 거라는 생각이 들면서 발걸음이 절로 빨라졌다. 한 걸음 한 걸음 내디딜 때마다 팔목에 닿는 옷소매며 종아리를 스치는 치맛자락마저 상쾌하게 여겨졌다. 어머니가 깨끗이 빨아 말려 무쇠 다리미로 반듯반듯 다림질해 준 옷이었다.

교문이 저만치 가까워졌을 때였다. 뒤에서 누가 나를 불렀다.

"혜인아! 같이 가!"

돌아보니 금선이었다.

"금선아! 잘 있었어?"

하지만 반가운 것도 잠시, 덜컥 걱정부터 앞섰다. 기숙사에서 바로 교실로 등교하면 되는 금선이 교문 앞 등굣길에 있는 게 이상해서……. 혹시 석준 오빠 몸 상태가 많이 나쁜 걸까?

"어제 기숙사에서 안 잤어? 오빠 하숙집에서 오는 거니?"

내가 묻자 금선이 고개를 주억거렸다.

"응. 오빠가 아직 몸이 불편해서 간호 좀 하느라고."

"많이 안 좋으셔? 하긴……."

'고문'이라는 말이 목구멍까지 올라왔지만 나는 얼른 입을 닫았다. 차마 그 끔찍한 단어를 금선 앞에서 내뱉을 수 없었다.

"그렇게 걱정할 건 아니야. 기침이 안 그쳐서 한의사를 불러다 진맥을 했는데 폐가 좀 상하고 몸에 어혈이 생겼대. 그치만 한약 챙겨 먹고 며칠 쉬면 괜찮을 거라고 했어. 우리 오빠가 의지가 강해서 그리 오래 누워 있진 않을 거야."

"그래? 얼른 나으셔야 할 텐데."

조금은 마음이 놓여 다시 걸으려는데, 금선이 걸음을 멈추곤 나를 빤히 보았다.

"혜인이 넌 괜찮니? 오빠가 네 걱정 많이 하던데? 고문 당하는 걸 직접 봐서 더 힘들 수 있다면서……."

"석준 오빠가 그랬어?"

"응."

"난 괜찮아. 아무렴 나 힘든 게 직접 당한 사람들만 할까."

아무렇지 않은 듯 대답했지만 가슴이 뭉클했다. 자기 몸이 성치 않은 와중에도 석준 오빠가 내 걱정을 했다는 게 뜻밖이어서. 금선이 걸음을 옮기며 다시 말했다.

"그거야 그렇겠지. 우리 오빠야 금방 나을 테지만, 수미 언니랑 정옥 언니가 걱정이야. 선교사님들이 직접 언니들 면회를 했는데 몸 상태가 엄청 안 좋다고 하더라. 언니들 딱해서 어떡하니."

"그러게. 언니들이 얼른 나아서 학교에 오면 좋겠어……."

진심으로 언니들이 고문 후유증을 이겨 내고 씻은 듯 나은 뒤, 예전처럼 함께 학교생활을 하면 좋겠다는 바람이 간절했다.

어느새 우리는 나란히 교문으로 들어섰다. 별생각 없이 오갔던 교정인데 오늘따라 새삼 소중하게 느껴지고 가슴도 벅차올랐다.

발아래 자박자박 밟히는 흙들이 너무 고맙고 점점 가까워져 오는 교실도 정답게만 보였다. 그때 문득 금선에게 마음을 담아 인사해야겠다는 생각이 들었다. 아무리 친한 동무라도 고마운 건 고맙다고 말해야 상대방도 알지 않겠나. 나는 진심을 담아 말했다.

"참, 금선아. 이번에 진짜 고마웠어. 너하고 선교사님들 덕분에 우리가 풀려났잖아. 너 아니었음 영영 학교에 못 왔을지도 몰라."

금선이 손사래를 치며 눈을 흘겼다.

"고맙긴, 우리 사이에 무슨 그런 소리를 해. 당연히 해야 할 일을 한 것뿐이야. 그동안 나 혼자만 맹휴에 쏙 빠져 있어서 진짜로 미안했는데, 내가 할 수 있는 일이 있어서 오히려 기뻤어."

"그래도 고마운 건 고마운 거야."

"알겠어. 고마움 접수! 암튼 이제 요시다 학감하고 리코 선생이 없다고 생각하니 얼마나 좋은지 몰라."

"나도야. 기모노 안 만들고, 일본 요리 안 배우는 것만으로도 신나. 기숙사에서 리코 선생 안 봐도 되니 좋고. 그 여자한테 내가 오죽 당했니?"

"맞아. 네가 그 선생한테 별별 모욕 다 당했지. 참, 애리 소식은 들었니? 나는 통 못 들어서."

'애리'라는 이름을 듣는 순간 명치끝이 찌르르 아파 왔다. 아, 오늘은 한 번도 애리 생각을 안 하고 있었다. 어젯밤만 해도 많이 생각했는데…… 애리가 종로서에 면회 온 뒤로는 통 보지도 못

하고 소식도 못 들어 학교에 오면 애리 소식을 들을 수 있겠지 내심 기대하기도 했다. 나는 걸음을 멈춘 채 고개를 저었다.

"못 들었어, 애리 소식. 아무것도."

"그래? 너도 못 들었구나. 미국 가기 전에 한번 봐야 하는데. 아직 떠난 건 아니겠지? 설마 우리한테 인사는 하고 가겠지?"

그때 귀남이 조르르 와서 알은체를 했다.

"언니들 왔어요? 좋아라! 예전 재봉 선생님도 벌써 교무실에 오셨어요. 오늘부터 당장 수업 시작하신대요. 기숙사 사감도 맡으시고요. 근데 리코 선생 말예요. 일본에 있는 학교에서 잘려서 조선으로 왔던 거래요. 일본에서도 문제 많은 선생이었고요."

"정말? 역시!"

"네. 그리고 혹시 그 소식도 알아요? 애리 언니 어제 미국 간 거. 선생님들이 말씀하시던데……."

나는 놀라 손에 든 책보를 툭 떨어뜨렸다.

"말도 안 돼. 벌써 갔다고? 우리한테 인사도 안 하고?"

금선도 울먹거렸다.

"진짜 나빠 민애리. 인사라도 하고 가지. 얼굴이라도 보고 가지."

우리 둘은 누가 먼저랄 것이 없이 울음보를 터뜨리고 말았다. 인사도, 말도 없이 간 애리가 너무 야속했다. 그런 우리의 어깨를 웬 따스한 손길들이 감싸 안았다.

"이런다고 태평양 건너간 애리가 금방 돌아오겠니? 언젠간 꼭 다시 만날 테니까 너무 슬퍼 마."

"에구, 삼총사 중에 애리만 없으니 오죽 허전할까. 애리가 너희 얼굴 보면 발길 안 떨어질까 봐 그냥 갔을 거야. 애리 다시 만날 날까지, 우리 함께 기다리자."

음전 언니와 미자 언니였다.

태평양 너머에서 온 편지

애리의 소식을 알게 된 것은 애리가 미국으로 가고서도 일 년이 훌쩍 지나서였다. 인편을 통해 편지가 온 것이었다. 나하고 금선에게 보내는 편지였고 사진 두 장도 함께 들어 있었다.

보고 싶은 내 동무, 혜인과 금선에게

혜인아, 금선아. 잘 있었니? 나 애리야.

미국에 온 후 얼른 소식 전하고 싶었는데 이제야 편지를 쓴다. 아버지한테 떠밀려 급히 온 데다, 영어도 못하고 이 넓은 땅에 달랑 나 혼자뿐이라 그동안 너무 힘들었거든. 너희도 너무 보고 싶고 은명 교정도, 기숙사도 그리워서 울다가 지샌 밤이 셀 수 없을 정도야. 그래도 이제는 조금 나아져서 이렇게 편지를 쓸 수 있게 됐어.

내가 인사도 안 하고 떠나서 많이 원망했지? 하지만 그때 난 그럴 수밖에 없었어. 너희를 보고 나면 마음이 약해져서 못 떠날 것 같더라고. 욕해도 할 수 없어.

이제 너희는 은명 3학년이 됐겠구나. 학교는 어떠니? 요시다 학감이랑 리코 선생이 나간 다음에 모든 게 다 잘 된 거지? 부디 그렇기를 바란다.

나는 얼마 전부터 여기 뉴욕에 있는 하이스쿨에 다니고 있어. 여기를 마친 다음엔 음악 학교를 가게 될 거야.

참, 석준 오빠는 잘 계시니? 경정고보는 벌써 졸업했을 텐데 지금은 뭐 하시려나? 음…… 내가 석준 오빠 좋아한 거 너희 몰랐지? 근데 오빠는 혜인이를 좋아하는 눈치더라. 혜인이도 석준 오빠 좋아했지? 내가 다 알아.

난 어차피 멀리 떠나온 몸이니 오빠를 혜인이한테 양보할게. 둘 다 모던 보이, 모던 걸이고 투쟁 동지이기도 하니 멋진 한 쌍이 될 거야.

난 이왕 유학 온 이상 열심히 공부해 조선의 자랑스러운 피아노 연주가가 되어 돌아갈 거야. 혜인이는 글솜씨가 좋으니까 나은봉 선생님처럼 교육자나 문장가, 신문 기자가 되면 좋겠다. 금선이는 꼭 관비 유학생이 되어 일본에서 그림 공부 열심히 해서 신여성 되고…….

그런데 요새 조선 소식을 들으면 마음이 너무 아프더라. 일본의 압제가 더 심해지는 거 같아. 하지만 아무리 추운 겨울도 끝내는 물러가고 기어이 새봄이 오지 않던? 우리 각자 자리에서 열심히 제 할 일 하면서 새봄이 오길 기다리자. 나도 멀리서나마 눈여겨보면서 조선이 일본의 압제에서 벗어날 수 있게 작은 일이라도 하고 있을게. 그렇게 해야 아버지의 잘못도, 내가 도망치듯 미국으로 떠나온 죄책감도 씻을 수 있을 것 같아. 그래야지만 훗날 너희를 당당하게 다시 볼 수 있을 테고.

금선아, 혜인아! 처음으로 보내는 편지라 오늘은 이만 쓸게. 앞으로는 자주 소식 보낼 테니 너희도 꼭 답장해야 한다! 그럼 다시 소식 전할 때까지 Good bye! I love you so much!

추신: 사진 설명은 뒤에 있어.

— 머나먼 이국땅에서 동무들을 그리워하는 애리 씀.

애리는 두 장의 사진 속에서 환하게 웃고 있었다. 사진 뒤쪽 설명을 보니 하나는 뉴욕에 있는 '자유의 여신상'이라는 커다란 동상을 배경으로 해서 찍은 거고, 하나는 다니고 있는 학교 교정에서 서양 아이들과 찍은 것이었다. '자유의 여신상'에 대해 애리는 '미국 독립을 기념하고 자유를 상징하는 동상'이라는 설명도 보태 두었다.

금선과 나는 애리가 보낸 편지와 사진을 훌쩍훌쩍하며 몇 번이

나 읽고 또 보았다. 그러고선 동렬 선생님에게 부탁해 애리한테 보낼 사진을 찍었다. 금선과 나, 둘만의 사진은 물론이고 미자 언니와 음전 언니(언니는 이미 은명을 졸업했지만 우리 연락을 받고 급히 와서 함께 찍었다.), 귀남과 함께 찍은 사진, 동렬 선생님과 은봉 선생님까지 포함해 일곱 명이 한데 찍은 사진까지. 배경은 모두 우리 은명 교정이었다.

동렬 선생님이 사진을 뽑아 주신 날, 금선과 나는 기숙사 책상 맡에 앉아 애리에게 편지를 썼다. 금선은 글에다 멋들어진 그림까지 그려 넣었지만, 그림 솜씨가 없는 나는 글만 썼다. 나의 절절한 그리움이 태평양 건너 애리의 가슴에 화살처럼 날아가 팍 꽂히기를 바라면서, 손가락 걸고 맹세한 우리 셋의 우정이 애리의 외로움을 조금이라도 덜어 주기를 바라면서…….

보고 싶고, 너무너무 그리운 애리에게

애리야, 잘 지내고 있니? 나야 혜인이.

네 편지 너무너무 기쁘게 받았어. 금선이랑 나랑 둘이서 얼마나 눈물 콧물 짜며 읽었는지 몰라. 사진도 닳아빠지도록 보고 또 보았지. 미국 간 지가 언젠데 이제야 편지를 보내다니, 진짜 못됐어.

나하고 금선이는 그럭저럭 잘 지내고 있어. 학교도 요시다 학감과 리코 선생이 떠난 후로는 특별한 문제는 없고……. 다만 네가 알다시피 조선의 상황은 점점 더 나빠지고 있어서 가슴이 아파.

너도 아는지 모르겠는데, 네가 떠난 직후 융희 황제 폐하 인산일에 경성에서 대대적인 만세 운동이 일어났어. 학생들이 주축이 됐는데 정말 많은 사람들이 함께 했단다. (나하고 금선이는 동참 못 했어. 그 구차한 사연은 나중에 얘기해 줄게.) 이후 전국적으로 만세 운동이 확산되었고 일본은 그걸 막으려고 우리를 더욱더 탄압하고 있단다.

그래도 애리야, 네 말처럼 우리는 희망을 잃지 않고 있어. 조선의 독립을 위해 애쓰는 분들이 안팎으로 엄청나게 많기 때문이야. 석준 오빠도 그런 일을 하려고 석 달 전에 조선을 떠났어. 너 또한 미국에서 우리 조선을 위해 작은 일이라도 할 거라고 하니 너무 고맙다.

금선이랑 나도 각자의 자리에서 조선을 위한 일을 할 거야. 우리가 힘을 합쳐 요시다 학감과 리코 선생을 쫓아냈듯, 조선 안팎에서 힘을 합치면 일본을 몰아낼 날도 오지 않겠니? 예전에는 나도 조국에 대해 별생각이 없었는데 동맹 휴학을 하고 나서 그런 생각이 깊어진 거 같아.

나는 은명을 졸업하면 나은봉 선생님 같은 교육자 겸 문장가가 돼서 낮에는 여학교, 밤에는 야학에서 조선 여성들에게 신

학문도 가르치고 애국애족 정신도 불어넣어 주고 싶어. 요새 경성엔 정식 학교를 못 다니는 여성들을 위한 야학이 많이 생겼거든. 은봉 선생님도 그런 곳에서 소녀들과 주부들을 가르치고 계셔.

내 계획 어떻게 생각하니? 나는 진정한 신여성이라면 자신의 재능과 지식을 나라와 사회를 위해 쓸 줄 알아야 한다고 생각해. 나은봉 선생님처럼, 우리 채희 이모처럼.

금선이도 지금 내 옆에서 너한테 보낼 편지 열심히 쓰고 있어. 금선인 꼭 관비 유학생으로 뽑혀서 동경 유학 갈 거야. 우리 그렇게 각자 서로 노력하고 멋진 모습으로 조선에서 다시 만나자. 나는 '민애리 독주회'에서 내 동무 민애리가 멋들어지게 피아노 연주하는 모습 꼭 보고 싶어.

참, 너 되게 눈치 빠르다. 석준 오빠랑 나, 서로 좋아하는 사이 맞아. 난 석준 오빠가 정말 훌륭하고 멋진 사람이라고 생각해. 먼 타국에서 고생이나 하지 않을지, 몸이라도 다치지 않을지 걱정되지만 분명 할일을 마치고 건강히 돌아올 거라고 믿어.

그럼 애리야, 나도 오늘은 이만 쓸게. 우리 이제 자주 편지 주고받을 테니까, 그리고 멀리서나마 너를 그리워하는 우리가 있으니까 너무 외로워하지 말길 바란다. 그럼 이만!

추신: 애리야, 종로서에 네가 면회 왔던 날 배신자라고 한 거 미안해. 우린 정말 너한테 고마워하고 있어. 그리고 우리 이모

랑 윤 기자님이랑 올가을에 결혼한단다. 너무 멋진 한 쌍이 되
겠지?

　　　　　—고운 내 동무 민애리를 그리며, 경성에서 혜인 씀.

작가의 말

10년 전에 구상을 시작했던 작품을 『은명 소녀 분투기』라는 제목으로 이제야 세상에 선보인다. 사실 구상부터 출간까지 너무 많은 시간이 흘러서 나도 이 소설을 언제 처음 구상했는지 가물가물했다. 그래서 컴퓨터에 있는 작품 파일 저장함을 살펴봤더니 첫 구성안 파일을 저장한 날짜가 2012년 8월 11일이었다. 가제, 시간·공간 배경, 등장인물, 전체의 5분의 4정도까지의 얼개가 갖춰진 A4 용지 13매 정도의 파일이었다.

10년이라는 긴 세월 동안 공들이고 이리저리 연구한 만큼 『은명 소녀 분투기』는 내게 그 어떤 작품보다도 애정이 가고 뜻이 깊다. 물론 그 오랜 시간 동안 이 작품에만 매달렸던 것은 아니고 사이사이 다른 청소년 소설과 동화책을 펴내기는 했지만 말이다.

『은명 소녀 분투기』는 일제 강점기였던 1927년 5월부터 9월까지 경성 수송동에 있던 숙명여자고등보통학교(현재 서울 숙명여자중·고등학교의 전신)에서 실제로 벌어졌던 항일 동맹 휴학을 모티브로 삼아 쓴 소설이다.

학생들이 학교에 일정한 요구 조건을 내걸고 이를 관철시키려고 집단으로 등교 거부나 수업 거부를 하는 동맹 휴학은 1920년대 중·후반에 일제의 교육 행태에 저항하는 모습으로 전국적으로 크게 확산되었다. 학생들 사이에서 식민지 교육에 대한 자각과 반발이 널리 퍼지면서 일본화 교육을 중단하고 조선인 학생을 위한 교육을 하라는 요구가 빗발쳤기 때문이다.

그중에서도 숙명여고보의 항일 맹휴는 새로 부임한 일본인 학감과 일본인 재봉 교사가 자행한 일본화 교육에 저항해 전교생 4백여 명이 분연히 일어난 사건이다. 특히 학부모와 졸업생은 물론 타교생들까지 연대해 사회적으로 큰 반향을 일으켰을뿐더러 사건 발생부터 종료까지의 모든 과정이 신문에 낱낱이 보도되고, 마침내 학생들의 요구 사항이 대부분 관철되는 성과를 거둠으로써 항일 학생 운동사에서 매우 중요한 사건으로 평가받고 있다.

나는 작가로서 우리 역사를 공부하는 과정에서 숙명여고보의 항일 동맹 휴학을 처음 접하고 충격을 받았다. 역사에 문외한이었던 까닭에 일제 강점기의 학생 운동이라면 '3·1운동' 또는 '광주 학생 항일 운동' 정도만 알고 있었기 때문이다. 더구나 1920년대 중·후반에 봇물 터지듯 일어난 항일 동맹 휴학이 '광주 항일 학생 운동'의 디딤돌이 되었다는 사실을 알고서는 더욱 놀랐다.

그때부터 나는 숙명여고보의 동맹 휴학을 바탕으로 청소년 소설을 써 봐야겠다고 마음먹었다. 일제 강점기는 우리 민족의 최대 수난기이지만 결코 잊어서는 안 되는 중요한 시기이고, 그 시절에 분연히 일어난 학생들의 모습을 소설에 담는다면 오늘날을 살아가는 청소년들에게도 전달할 수 있는 메시지가 선명할 것이라고 생각했기 때문이다. 그래서 숙명여고보는 물론 당시 여러 학교의 항일 동맹 휴학에 관한 수많은 사료와 신문기사 등을 찾아 읽으며 작품을 구상했고, 비록 시간은 오래 걸렸지만 마침내 『은명 소녀 분투기』를 완성할 수 있었다.

『은명 소녀 분투기』는 일제 강점기 당시의 항일 동맹 휴학이라는 어둡고 아픈 역사를 다룬 소설이지만, 나는 결코 암울한 이야기만 담고 싶지는 않았다. 어떤 시대 속에서든 우리 청소년들은 존재 자체로 풋풋함과 싱그러움, 희망과 꿈의 상징이기 때문이다.

그렇기에 주인공인 '신혜인'을 비롯한 소설 속 청소년들은 일제 강점기라는 시대적 고통과 암흑 속에서도 일제와 학교에 저항해 자신들만의 강하고 또렷한 목소리를 낼 뿐 아니라, '조국의 독립'이라는 희망을 향해 함께 연대하며 한 발짝 한 발짝 힘차게 나아간다.

지금의 청소년들이 『은명 소녀 분투기』를 읽으면서 일제 강점기를 살아갔던 당시 우리 민족의 아프면서도 치열했던 삶과 간절

했던 마음을 조금이나마 알게 되면 좋겠다. 아울러 소설 속 인물들이 그러했듯이 부당하고 힘겨운 상황 속에서 침묵하기보다 함께 힘을 합쳐 청소년다운 목소리를 내고, 희망찬 내일을 향해 한 걸음 한 걸음 굳세게 걸어가기를 바란다.

2022년 6월, 청소년들의 내일을 온 마음으로 응원하며

신현수

은명 소녀 분투기

© 신현수, 2022

초판 1쇄 인쇄일 | 2022년 6월 28일
초판 1쇄 발행일 | 2022년 7월 4일

지은이 | 신현수
펴낸이 | 정은영
편 집 | 최수인 조현진
마케팅 | 최금순 오세미 김현아 오경미
제 작 | 홍동근

펴낸곳 | (주)자음과모음
출판등록 | 2001년 11월 28일 제2001-000259호
주 소 | 10881 경기도 파주시 회동길 325-20
전 화 | 편집부 (02)324-2347, 경영지원부 (02)325-6047
팩 스 | 편집부 (02)324-2348, 경영지원부 (02)2648-1311
이메일 | jamoteen@jamobook.com
블로그 | blog.naver.com/jamogenius

ISBN 978-89-544-4837-6 (43810)

• 이 도서는 2020년도 한국문화예술위원회 아르코문학창작기금 지원사업에 선정되어 발간되었습니다.